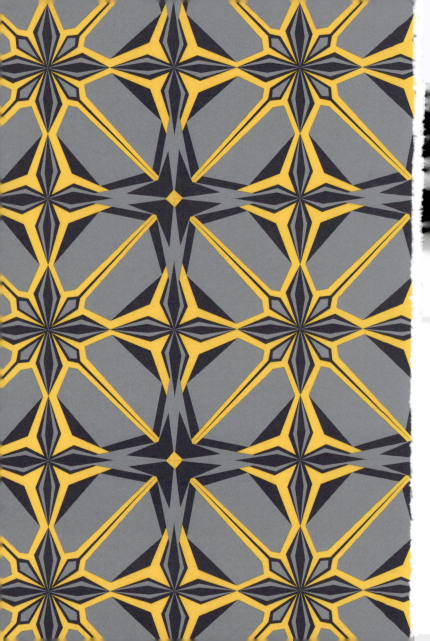

Até o último fantasma

CLÁSSICOS ZAHAR
em EDIÇÃO BOLSO DE LUXO

Aladim*

Alice
Lewis Carroll

As aventuras de Pinóquio*
Carlo Collodi

Sherlock Holmes (9 vols.)
Arthur Conan Doyle

As aventuras de Robin Hood
O conde de Monte Cristo
Os três mosqueteiros
Alexandre Dumas

O Quebra-Nozes*
Alexandre Dumas e E. T. A. Hoffmann

O corcunda de Notre Dame
Victor Hugo

Arsène Lupin (6 vols.)*
Maurice Leblanc

Frankenstein
Mary Shelley

20 mil léguas submarinas
A ilha misteriosa
Viagem ao centro da Terra
A volta ao mundo em 80 dias
Jules Verne

O Homem Invisível
H. G. Wells

Títulos disponíveis também em edição comentada e ilustrada
(exceto os indicados por asterisco)
Veja a lista completa da coleção no site zahar.com.br/classicoszahar

Henry James

Até o último fantasma

Contos fantásticos

Seleção, tradução e apresentação:
José Paulo Paes

ZAHAR

Copyright da tradução © 2023 by Zahar
Copyright de "Até o último fantasma" © 1994, 2023 by José Paulo Paes

Grafia atualizada segundo o Acordo Ortográfico da Língua Portuguesa de 1990, que entrou em vigor no Brasil em 2009.

Títulos originais
Sir Edmund Orme
The Real Right Thing
The Friends of the Friends
The Great Good Place
The Jolly Corner

Capa e ilustração
Rafael Nobre

Revisão
Carmen T. S. Costa
Adriana Moreira Pedro

Dados Internacionais de Catalogação na Publicação (CIP)
(Câmara Brasileira do Livro, SP, Brasil)

James, Henry, 1843-1916
　　Até o último fantasma : Contos fantásticos / Henry James ; seleção, tradução e apresentação José Paulo Paes — 1ª ed. — Rio de Janeiro : Clássicos Zahar, 2023.

　　Títulos originais : Sir Edmund Orme ; The Real Right Thing ; The Friends of the Friends ; The Great Good Place ; The Jolly Corner
　　ISBN 978-65-84952-04-1

　　1. Contos norte-americanos I. Título.

23-146090　　　　　　　　　　　　　　　　　　　　　　　CDD: 813

Índice para catálogo sistemático:
1. Contos : Literatura norte-americana　813
Aline Graziele Benitez — Bibliotecária — CRB-1/3129

Todos os direitos desta edição reservados à
EDITORA SCHWARCZ S.A.
Praça Floriano, 19, sala 3001 — Cinelândia
20031-050 — Rio de Janeiro — RJ
Telefone: (21) 3993-7510
www.companhiadasletras.com.br
www.blogdacompanhia.com.br
facebook.com/editorazahar
instagram.com/editorazahar
twitter.com/editorazahar

Sumário

Apresentação:
Até o último fantasma — A representação
do fantástico em Henry James,
por José Paulo Paes, *7*

Sir Edmund Orme, *19*
A coisa realmente certa, *67*
Os amigos dos amigos, *91*
O grande e bom lugar, *137*
A bela esquina, *181*

Cronologia:
Vida e obra de Henry James, *241*

Apresentação

Até o último fantasma — A representação do fantástico em Henry James

Quantitativamente, os cinco contos de Henry James aqui reunidos representam pouco em relação ao corpus de mais de cem por ele escritos a partir de 1864, quando estreou no gênero com "Uma tragédia de erros". Todavia, qualitativamente, esses mesmos cinco contos podem ser vistos como o ponto mais alto da vertente fantástica ou fantasmática da sua arte de ficção. Vertente que, mesmo não sendo a principal, serviu para tornar-lhe o nome conhecido do grande público, graças ao sucesso de *Os inocentes*, título da adaptação cinematográfica de *A outra volta do parafuso*. Essa narrativa de assustadora intensidade, obra-prima da ficção de terror, ao lado de *O médico e o monstro* e de *Drácula*, deixou de ser incluída na presente coletânea por duas razões. Primeiro porque não se trata bem de um conto, e sim de uma novela — ou *nouvelette* como lhe chamam os ingleses. Depois porque já foi traduzida e publicada entre nós mais de uma vez.

O interesse de Henry James pelo sobrenatural levou-o inclusive a escrever, em 1910, um ensaio cujo título interrogativo, "Há uma vida após a morte?", parece insinuar menos um empenho probatório espicaçado pela crença religiosa que preocupações de ordem especulativa nascidas da curiosidade intelectual. Essa atitude de confesso mas reticente interesse já havia sido antecipada na sua prosa de ficção desde 1868 com "O romance de certas velhas roupas", cronologicamente o primeiro dos seus contos fantásticos. Fantástico no sentido em que Tzvetan Todorov entende o adjetivo quando aplicado a um tipo especial de narrativa.* Segundo Todorov, o fantástico literário se caracteriza pela capacidade de suscitar, no espírito do leitor, uma dúvida *insolúvel* entre uma explicação natural e uma explicação sobrenatural para os sucessos narrados — sucessos cuja estranheza põe perigosamente em xeque a própria noção de realidade e verossimilhança que o leitor compartilha com o comum das pessoas.

Governada pelo signo soberano do alusivo, do sugestivo, do oblíquo e do subentendido, a prosa de ficção de Henry James estava, melhor que nenhuma outra, vocacionada para a instigação desse tipo de dúvida psicológica entre naturalidade e sobrenaturalidade. Aliás, o próprio realismo de James é psicológico: move-se a maior parte do tempo na interiori-

---

* Tzvetan Todorov, *Introduction à la littérature fantastique* (Paris, 1970), em especial p. 37. Retomo aqui considerações anteriormente feitas em "As dimensões do fantástico" (in: *Gregos e baianos*. São Paulo: Brasiliense, 1985, pp. 184-92) e na Introdução a *Os buracos da máscara* (São Paulo: Brasiliense, 1985, pp. 7-17).

dade dos personagens para analisar as impressões ali deixadas pelo mundo dos fatos e esmiuçar as componentes morais dos seus juízos e opções. Nesse sentido, pode-se dizer que se trata de um realismo ético, na linha de Hawthorne, em quem ele teve seu primeiro modelo. E nem por ser psicológico e ético deixa tal realismo de ser também estético. Além de artistas ocuparem amiúde, como personagens, o primeiro plano em contos e romances de James, a narração é feita numa prosa de arte ciosa do seu próprio lavor, embora sem complacências de índole meramente ornamental. Daí ser ele um realista sui generis para quem "a verdade da arte e a verdade da vida são uma mesma coisa".*

Todavia, é precisamente por causa da hegemonia da visada psicológica na ficção fantástica de James que esta parece pouco pertinente a Tzvetan Todorov. Isso porque nela, como "não há real senão o imaginário, não há fatos senão os psíquicos", tornar-se-ia impossível aquela hesitação entre "será real ou imaginário? será um fato físico ou somente psíquico?" que o mesmo Todorov tem como canônica do fantástico literário.** É fácil ver que semelhante concepção vale-se de um critério *extrínseco*, qual seja, a noção de natural e sobrenatural entretida

---

* Marcus Cunliffe, "A literatura dos Estados Unidos". Trad. de A. Cartaxo. *Revista Branca*, Rio de Janeiro, p. 160, s. d.
** Tzvetan Todorov, *As estruturas narrativas*. Trad. de Leyla Perrone-Moisés. São Paulo: Perspectiva, 1969, p. 197.

pelo senso comum do leitor. Mais fecunda me parece a concepção *intrínseca* de Irène Bessière, para quem o efeito fantástico dependeria não tanto de uma hesitação, por parte do leitor, entre natural e sobrenatural, quanto da contradição entre ambos tal como se manifesta *dentro* do texto literário: "É próprio do fantástico emprestar a mesma inconsistência ao real e ao sobrenatural, reunindo-os e contrapondo-os um ao outro num só e mesmo espaço e numa só e mesma coerência, que é a da linguagem e a da narrativa".*

Para que se possa ver bem a pertinência desta última concepção de fantástico para uma arte de ficção como a de James, onde realidade exterior e realidade interior são inseparáveis uma da outra, nada melhor do que ir ao exemplo concreto dos textos desta coletânea. A começar do primeiro deles por ordem de datação, "Sir Edmund Orme", publicado inicialmente em revista e um ano depois incluído no volume de contos *A lição do mestre* [*The Lesson of the Master*], de 1892. Temos aí um excelente exemplo daquilo que Bioy Casares chama de fantástico realista: "Fazer que num mundo plenamente crível acontecesse um único fato incrível".** O mundo crível, no caso, é o

---

* Irène Bessière, *Le Récit fantastique: La Poetique de l'incertain*. Paris: Larousse, 1974.
** Prólogo a Jorge Luis Borges, Silvina Ocampo e Adolfo Bioy Casares, *Antologia de la literatura fantástica*. Buenos Aires: Sudamericana, 1940, p. 9. [Ed. bras.: *Antologia da literatura fantástica*. São Paulo: Companhia das Letras, 2019.]

mundo tipicamente jamesiano da alta sociedade a passear sua elegância e sua ociosidade por estações balneárias e mansões campestres. E o único fato incrível nele ocorrido é a aparição do fantasma de sir Edmund Orme, a princípio só para a sra. Marden, depois também para o próprio narrador do conto, amigo e confidente dela. O caráter sinistro da ocorrência é minimizado não só pela "perfeita compostura" das maneiras e trajes do espectro como pela atitude do narrador em relação a ele; acha-o "muitíssimo interessante", alegra-se de "ser parte de caso tão insólito", e abstém-se de tocá-lo ou falar-lhe para não cometer uma "grosseria social". Esta leve nota de humor, de resto tipicamente jamesiana, estaria a indicar uma como que incongruência entre o significado dramático da aparição e a frivolidade do ambiente social em que ela se manifesta. Serve a incongruência para dar maior ênfase à contradição entre real e sobrenatural correlacionados dentro do mesmo espaço narrativo, tal como aponta Irène Bessière na sua teoria do fantástico. No que respeita à dramaticidade da aparição, ela tem a ver com o tema moral da traição, no caso cometida pela sra. Marden contra sir Edmund ao desfazer seu noivado com ele. Iterativo, o mesmo tema da traição é rastreável em todas as narrativas deste volume.

Vamos reencontrá-lo sob outra feição em "A coisa realmente certa" ["The Real Right Thing"], conto escrito em 1893 mas só em 1900 publicado em livro, na coletânea *O lado ameno*

[*The Soft Side*]. Trata-se de história protagonizada por um escritor, se bem que in absentia, melhor dizendo, em estado fantasmático. Nunca a arte de James foi mais sutil na criação de uma atmosfera cuja vagueza sugestiva, feita de uns poucos indícios materiais inconcludentes mas inquietantes, lembra a poalha de cores que numa tela impressionista, na mesma medida em que dissolve a nitidez de contorno dos objetos, empresta-lhes uma rara vibração luminosa. Essa vagueza é homorgânica da discretíssima presença espectral de Ashton Doyne a defender post mortem a intimidade de sua vida da intromissão da curiosidade pública. Uma intimidade duplamente traída, aliás. De um lado, pela equivocada dedicação de Withermore à memória de seu mestre e amigo; de outro, pela ânsia de reparação pública da sra. Doyne, cujo "pomposo pesar" é realçado pelo "negror fantástico, emplumado e extravagante" de suas vestes de viúva, numa representação pictórica em que o efeito satírico, como em "Sir Edmund Orme", é bem jamesiano na sua finura. Todavia, à diferença do fantasma de Orme, que tem sua realidade (se cabe o termo) validada pelo testemunho insuspeito do narrador, a quem ele aparece antes de este saber do que se trata, a aparição de Doyne é extremamente ambígua. Manifesta-se como sensação de presença mais que como presença corporificada, e mesmo assim somente através da percepção subjetiva de dois personagens desejosos de senti-la. Justificar-se-iam aqui, pois, as reservas de Todorov quanto à pertinência do fantástico nos contos de James: pelo menos em "A coisa realmente certa", o viés puramente subjetivo malogra em dar, ao sobrenatural, o mesmo estatuto de credibilidade do natural.

Tão ou mais ambígua do que a sombra de Ashton Doyne é a manifestação fantasmática que ocorre em "Os amigos dos amigos" ["The Friends of the Friends"], conto publicado em 1896 num periódico literário e incorporado nesse mesmo ano ao volume *Embaraços* [*Embarrassments*]. O gosto da ambiguidade já se faz sentir desde a total omissão dos nomes dos três personagens do conto — a narradora, seu noivo e a amiga dela. A aparição dessa amiga ao noivo — supostamente depois de morta, pelo que alega a narradora, a qual nem estava presente na ocasião; ainda em vida, pelo que insiste em afirmar o noivo — conduz a um beco sem saída. As provas testemunhais são subjetivas, fruto de opinião ou suposição, sem qualquer indício material que as possa ou abonar ou infirmar. Falta-lhes, pois, credibilidade do ponto de vista lógico; por si sós, não chegam a induzir, no espírito do leitor, a hesitação entre natural e sobrenatural postulada na fórmula todoroviana de fantástico. Mas, se passarmos da lógica para o que se poderia chamar de *analógica*, encontraremos uma série de coincidências ou paralelismos que, pelo seu relevo na semântica da narrativa, depõem enfaticamente em favor da natureza post mortem da aparição. Por exemplo, tanto o noivo quanto a amiga viram, quase na mesma época, aparições de familiares recém-falecidos em lugares distantes; ambos são muito parecidos em matéria de gostos e idiossincrasias pessoais; o sistemático malogro, anos a fio, dos encontros para eles programados por amigos comuns estaria como que a indicar que em vida jamais se iriam encontrar: só a morte lograria finalmente aproximar essas duas almas gêmeas, dotadas da mesma extraordinária faculdade de poder ver os mortos como vivos. Para dar conta do tipo de fantástico que informa a efabulação de "Os amigos dos amigos", o critério intrínseco de coerência narrativa do esquema de Bessière tem mais pertinência que o critério extrínseco do senso comum postulado no esquema de Todorov.

O mesmo vale, ainda mais categoricamente, para "O grande e bom lugar" ["The Great Good Place"], conto publicado em 1900 no volume *O lado ameno*, o mesmo onde apareceu "A coisa realmente certa". Como este, também "O grande e bom lugar" é protagonizado por um escritor, George Dane, a quem o sucesso de público se constitui não na recompensa almejada pelo seu afã literário mas num pesado encargo de cujas imposições ele sonha livrar-se. Apesar daquela "isenção" ou impessoalidade tida por Morton Dawen Zabel* como característica do enfoque ficcional de James, é impossível não ver em George Dane uma espécie de alter ego compensativo do próprio James, que sempre almejou o reconhecimento público mas jamais o

---

* Morton Dawen Zabel, Introdução a *The Portable Henry James* (Nova York: Viking, 1951, p. 17).

conseguiu, pelo menos em vida. Por outro lado, o "bom lugar" sonhado por Dane — um avatar da abadia rabelaisiana de Thèleme e uma prefiguração da utopia intelectual idealizada por Hermann Hesse em *O jogo das contas de vidro* —, além de ser uma crítica miniatural da azáfama sem sentido da vida moderna, tem algo de parábola religiosa na medida em que aponta, segundo Auden, menos para uma utopia social do que para "um estado espiritual que é alcançável pelo indivíduo".* A circunstância de tal *locus amoenus* ter sido concebido em sonho pela mente de Dane desde logo o exclui da categoria de fantástico conceituada no esquema todoroviano. Mas, se atentarmos para a riqueza e verossimilhança de pormenores com que no-lo descreve o realismo já agora abertamente poético de James, teremos, mais uma vez, de admitir o primado da analógica textual sobre a lógica extratextual e conceder à utopia de Dane um estatuto de sobrerrealidade questionadora dos limites do onírico, assim como o fantástico questiona os limites do real.

"A bela esquina" ["The Jolly Corner"], a última narrativa da presente coletânea e a mais "pessoal" das cinco, é o ápice da representação do fantástico na obra de James. Apareceu

---

* Apud id., Introdução a Henry James, *Eight Tales from the Major Phase* (Nova York, Londres: Norton, 1969, p. 23). Cabe aqui um agradecimento a José Geraldo Couto pelo empréstimo desta e de outras fontes da sua rica "jamesiana".

em 1908 na *The English Review* e no ano seguinte foi incluída no volume *O altar dos mortos* [*The Altar of the Dead*], o XVII da edição nova-iorquina das suas obras completas, parte da qual teve melancólico destino: serviu como papel usado para a confecção de cartuchos de fuzil na guerra de 1914-8. O adjetivo *pessoal* diz aqui respeito não só aos ecos de ordem autobiográfica encontráveis no conto (à semelhança de Spencer Brydon, James viveu a maior parte da vida na Europa e só revisitou os Estados Unidos após uma ausência de mais de vinte anos) como sobretudo à sua dramática. Nesta, a oposição entre a vulgaridade do progressismo norte-americano e os refinamentos do conservadorismo europeu, leitmotiv de toda a novelística de James, se resolve numa opção de exílio sob a qual se embuça, residual, a nostalgia de uma "vida que poderia ter sido e que não foi" — para citar o verso de Manuel Bandeira. Quanto à aparição sobrenatural de "A bela esquina", ela configura um caso típico de duplo, ou fantasma de si mesmo, do qual há ilustre antecedente na ficção norte-americana — o "William Wilson" de Edgar Allan Poe. Curiosamente, a prova testemunhal de ser a aparição mais que um vislumbre alucinatório de Spencer Brydon é aqui de ordem onírica: Alice Staverton também a vê em sonho no mesmo momento, o que serve para corroborar aquilo que há pouco ficou dito acerca da correlação onírico-real em "O grande e bom lugar". Ainda a respeito do fantasmático em

"A bela esquina", a crítica se questiona sobre se se trata de dupla aparição de uma mesma entidade, ou de duas entidades diversas. O texto do conto é jamesianamente ambíguo:* insinua uma primeira aparição por trás da porta inexplicavelmente fechada do andar superior que, em nome da discrição e da piedade, Brydon se abstém de abrir; descreve depois, em pormenor, a segunda, que o aterroriza à turva luz do vestíbulo de sua mansão de família. A maioria dos exegetas concorda em ver esta última como "o espectro da mutilação que a vida de Brydon teria sofrido se tivesse permanecido nos Estados Unidos". Mas para Floyd Stovall o fantasma mutilado representaria antes a vida egoística vivida por Brydon na Europa, "não o eu que deixou de tornar-se" ao abandonar a sua pátria.**

A questão de um mesmo ou de dois diferentes fantasmas me parece de secundário interesse. O importante está nos traços de mutilação e de corrupção exibidos pelo duplo espectral ao seu eu real. Desenham eles, no seu horror, um ícone catártico ou expiatório da mesma natureza (não sei se tal paralelo já ocorreu a algum dos tantos estudiosos de James) do

---

* Para tal ambiguidade concorre, e não pouco, o estilo rebuscado, amiúde elíptico, quando não hermético, da última fase de James a que pertence "A bela esquina". Estilo que muito apropriadamente Marcus Cunliffe (op. cit., p. 159) caracterizou como "espantoso não somente por ser usado como o veículo para intrincadas ideias e observações, como também em virtude do extraordinário arranjo das palavras".
** Apud Morton Dawen Zabel, Introdução a *The Portable Henry James* (op. cit., p. 25).

autorretrato por via do qual Dorian Gray purgava-se das suas dissipações. E o fato de "A bela esquina" ter sido o penúltimo conto publicado por James em vida tem visos de um ajuste de contas: o mesmo ficcionista que se comprouvera em criar outros fantasmas enfrenta finalmente o seu próprio fantasma privativo.

José Paulo Paes

Sir Edmund Orme

Embora o fragmento não traga data, o relato parece ter sido escrito muito tempo depois da morte da esposa dele, que eu suponho seja uma das pessoas a quem faz referência. Todavia, não há nada na estranha história que confirme este ponto, o qual agora talvez não tenha maior importância. Quando tomei posse dos bens dele, encontrei estas páginas numa gaveta fechada à chave, entre papéis relativos à existência demasiado breve da infortunada senhora — que morrera de parto um ano após seu casamento: cartas, apontamentos, contas, fotografias descoradas, convites. É a única conexão que posso apontar, e o leitor poderá facilmente achá-la, e provavelmente achará, extravagante em demasia para ter base palpável. Reconheço que não posso garantir-lhe a geral veracidade. Seja como for, o relato foi escrito para ele próprio, não para outras pessoas. Tendo pleno direito de escolha, eu o ofereço a tais pessoas exatamente por causa de sua estranheza. Que, em respeito à forma em que foi vazado, elas tenham sempre presente que ele o escreveu para si próprio. Não alterei nada, salvo os nomes.

*

Se há uma história no caso, reconheço o preciso momento em que começou. Foi em novembro, num brando e tranquilo meio-dia de domingo, logo após o serviço religioso, no ensolarado Passeio Público. Brighton estava repleta de gente; era o auge da estação e o dia se mostrava ainda mais respeitável do que agradável — o que ajudava a explicar a multidão de passeantes. Havia decoro até no mar azul; ele parecia dormitar com um ronco suave — se isso *for* decoro — enquanto a natureza pregava um sermão. Após ter escrito cartas a manhã toda, eu saíra para dar-lhe uma espiada antes do almoço. Debrucei-me à balaustrada que separava King's Road da praia, e acho que estava fumando um cigarro quando me dei conta de uma brincadeira proposital sob a forma de uma leve bengala posta de través sobre os meus ombros. Descobri que a ideia fora improvisada por Teddy Bostwick, dos Fuzileiros, como uma contribuição para a conversa. Nossa conversa foi se desenvolvendo enquanto caminhávamos juntos — ele sempre toma o braço das pessoas para mostrar-lhes que lhes perdoa a obtusidade no tocante aos seus chistes —, olhando as pessoas, cumprimentando algumas, excogitando quem eram outras, e discordando quanto à beleza das moças. Acerca da de Charlotte Marden concordamos, porém, quando a vimos encaminhar-se em nossa direção em companhia da mãe; e decerto não poderia haver quem discordasse. O ar de Brighton costumava outrora tornar bonitas as moças comuns e ainda mais bonitas as que já o fossem — não sei ainda se o feitiço funciona. O lugar era de qualquer modo ótimo para a tez, e a da srta. Marden era das que faziam as pessoas olharem para trás. Fez-nos parar, céus! — pelo menos foi uma das razões, pois já conhecíamos as senhoras.

Voltamos em companhia delas, fomos aonde estavam indo. Estavam apenas passeando de cá para lá — tinham acabado de sair da igreja. Outra manifestação do humor de Teddy foi ele ter tomado imediata posse de Charlotte, deixando-me andar em companhia da sua mãe. Eu não me sentia infeliz, contudo; a jovem estava à minha frente e eu podia falar dela. Prolongamos o passeio; a sra. Marden me reteve e dali a pouco disse que estava fatigada e precisava descansar. Achamos lugar num banco à sombra — tagarelávamos enquanto as pessoas passavam. Já me havia impressionado, naquelas duas, a semelhança entre mãe e filha ser mais admirável que em quaisquer outras, tanto mais quanto levava em tão pouca conta uma diferença de naturezas. Ouve-se com frequência falar de mães maduras como sinais — sinais de aviso, mais ou menos desencorajadores, do que pode acontecer com suas filhas. Mas não havia nada de dissuasivo na ideia de que Charlotte, aos cinquenta e cinco anos, iria ser tão bela quanto a sra. Marden, embora sob condição de ser tão pálida e preocupada quanto ela. Aos vinte e dois anos, Charlotte, com sua tez alva e rósea, era impressionantemente formosa. Sua cabeça tinha a mesma forma encantadora que a da mãe, e suas feições a mesma fina regularidade. Havia também olhares e movimentos e inflexões — momentos em que mal se poderia dizer se era som ou era aspecto — que remetiam a aparência de uma à da outra, fazendo-a recordar.

Essas senhoras tinham uma pequena fortuna e uma alegre casinha em Brighton, cheia de retratos, de lembranças, de troféus — animais empalhados em cima das estantes de livros e um descorado peixe envernizado num estojo de vidro — a que a sra. Marden se confessava apegada por piedosas recordações. Devido à má saúde, seu marido recebera "ordens" de ali passar os últimos anos de vida, e ela já me contara que aquele era um lugar onde ela ainda se sentia sob a proteção da bondade dele. Bondade que parecia ter sido grande e que ela parecia às vezes estar defendendo de vaga insinuação. Algum sentimento de proteção, de uma influência invocada e acarinhada, era-lhe evidentemente necessário; havia nela uma sombra de melancolia, um anseio de segurança. Ela queria ter amigos e tinha muitos. Foi bondosa comigo em nosso primeiro encontro, e nunca suspeitei houvesse nela o propósito vulgar de "cortejar-me" — suspeita indevidamente frequente em rapazes presunçosos. Nunca me ocorreu que ela me quisesse para a filha, nem muito menos, como certas mamães desnaturadas, para si própria. Era como se tais mães sofressem uma necessidade esquiva, profunda, comum, e estivessem sempre prontas a dizer: "Oh, seja confiante e amistoso! Não tenha receio… não esperamos que se case conosco".

"Claro que há algo com mamãe: é isso que a faz realmente um amor!", disse-me Charlotte confidencialmente, no começo de nossa convivência. Ela idolatrava a aparência da mãe. Era a única coisa de que se envaidecia; aceitava os sobrolhos erguidos como um fato definitivo e encantador. "Ela aparenta estar à espera do doutor, a querida mamãe", disse em outra ocasião. "Talvez *você* seja o doutor; acha que é?" O que dava a entender, no caso, que eu tinha algum poder curativo. Fosse como fosse, quando eu soube, por uma observação casual da sra. Marden, que ela sustentava haver algo de "terrivelmente estranho" em Charlotte, a relação entre as duas mulheres não pôde deixar de me parecer interessante. Era uma relação bastante feliz, no fundo; uma estava sempre pensando na outra.

No Passeio Público, o fluxo de passeantes continuava, e Charlotte apareceu dali a pouco em companhia de Teddy Bostwick. Sorriu, fez um aceno de cabeça e seguiu adiante; no regresso, todavia, parou para conversar conosco. O capitão Bostwick negava-se terminantemente a interromper o passeio — declarou tratar-se de uma ocasião muito prazenteira: não poderiam dar mais uma volta? A mãe de Charlotte murmurou um "Como quiserem", e ela me deu um sorriso impertinente por sobre o ombro quando se foram. Teddy fitou-me através do monóculo, mas isso não me abalou; era tão só na srta. Marden que eu estava pensando quando disse rindo à minha companheira: "Ela é um tanto coquete, sabe".

"Não diga isso... não diga isso!", sussurrou a sra. Marden.

"As moças mais bonitas sempre são... um pouco", argumentei condescendente.

"Por que então são sempre punidas?"

A intensidade da pergunta surpreendeu-me — surdira num vívido clarão. Por isso tive de pensar um instante antes de retrucar-lhe: "O que sabe a respeito da punição delas?".

"Bem... eu mesma era uma jovem má."

"E foi punida?"

"Levo a punição pela vida afora", respondeu ela desviando os olhos. "Ah!", fez a seguir, num ofego, pondo-se de pé e fitando a filha que reaparecera com o capitão Bostwick. Permaneceu assim por alguns segundos, com uma expressão estranhíssima no rosto; então, deixou-se cair outra vez no banco e pude ver que corara intensamente. Charlotte, que percebera tudo, foi-lhe imediatamente ao encontro e, tomando-lhe a mão com pronta ternura, sentou-se junto a ela, do outro lado. A jovem havia empalidecido — lançou à mãe um olhar fixo, assustado. A sra. Marden recobrava-se de um choque que escapara à nossa atenção; isto é, ficou sentada muda e inexpressiva, a contemplar a multidão indiferente, o ar ensolarado, o mar adormecido. Todavia, meu olhar caiu por acaso nas mãos entrelaçadas das duas mulheres, e logo percebi que o aperto da mais velha era violento. Bostwick ficou parado à nossa frente, a excogitar o que estava acontecendo e perguntando-me por trás do monóculo vazio se *eu* sabia; o que levou Charlotte a dizer-lhe após um momento, com certa irritação na voz: "Não fique aí parado, capitão Bostwick. Vá-se embora... *por favor*, vá-se embora".

Ergui-me a tais palavras, esperando que a sra. Marden não estivesse doente, mas ela imediatamente rogou que não a deixássemos, que ficássemos e fôssemos dali a pouco almoçar em sua casa. Puxou-me mais para perto e por um momento senti sua mão apertar-me o braço de uma maneira que poderia ter sido um involuntário gesto de perturbação, tanto quanto um sinal sigiloso. O que ela queria apontar à minha atenção eu não podia adivinhar: talvez tivesse visto na multidão alguém ou alguma coisa anormal. Explicou-nos poucos minutos depois que estava bem, que era sujeita a palpitações: vinham tão de repente quanto desapareciam. Já era hora de irmos — uma verdade que nos pôs em movimento. Sentimos que o incidente estava encerrado. Bostwick e eu almoçamos com nossas afáveis amigas, e quando nos retirávamos ele me declarou nunca ter conhecido criaturas tão a seu gosto.

A sra. Marden nos fizera prometer que voltaríamos no dia seguinte para o chá, e exortou-nos a aparecer o mais que pudéssemos. Entretanto, no dia seguinte, quando bati às cinco horas na porta da bela casa, foi só para ser informado de que as senhoras tinham ido à cidade. Haviam nos deixado uma mensagem com o mordomo: foram chamadas repentinamente e muito lamentavam por isso. Estariam ausentes durante alguns dias. Foi tudo quanto consegui extrair do taciturno criado. Tornei a voltar três dias mais tarde, mas elas ainda se achavam fora; e foi só no fim da semana que recebi uma nota da sra. Marden: "Regressamos", dizia ela, "venha ver-nos e perdoar-nos". Lembro-me haver sido nessa ocasião — ocasião em que a fui visitar tão logo recebi a nota — que ela me disse ter nítidas intuições. Não sei quantas pessoas existiam na Inglaterra em condição semelhante, mas muito poucas seriam as que a mencionariam; por isso, a declaração me impressionou como incomum, sobretudo porque tinha a ver com o fato de algumas dessas fantásticas intuições estarem ligadas a mim. Havia outras pessoas presentes — gente ociosa de Brighton, senhoras idosas de olhos assustados e interjeições descabidas — e eu só pudera conversar uns poucos minutos com Charlotte; no dia seguinte, porém, encontrei as duas ao jantar e tive a satisfação de sentar-me ao lado da srta. Marden. Recordo essa ocasião como a primeira vez que tive completa noção de que ela era uma criatura tão bela quanto generosa. Da sua personalidade eu tivera apenas relances e vislumbres, como uma música cantada aos pedaços, mas agora a via à minha frente num largo e róseo fulgor, como se estivesse a pleno volume de som. Ouvi a música inteira, e sua melodia era tão doce e inédita que dali por diante eu a iria cantarolar com frequência.

Após o jantar troquei algumas palavras com a sra. Marden; foi na hora já adiantada em que o chá estava sendo servido. Uma criada passou perto de nós com uma bandeja; perguntei à sra. Marden se ela aceitaria uma xícara e, ao seu assentimento, peguei uma. Ela estendeu a mão e eu a entreguei com toda a confiança; todavia, quando seus dedos a iam segurar, ela teve um sobressalto e recuou, com o que meu frágil recipiente e seu conteúdo caíram com um ruído de porcelana partida e sem, de parte da minha companheira, o costumeiro gesto feminino de procurar salvar o vestido. Inclinei-me para apanhar os cacos e quando me ergui a sra. Marden olhava para a filha, no outro lado da sala, que lhe devolveu o olhar com outro de fingida alegria, mas no fundo ansioso. "Mamãe querida, o que *está acontecendo* afinal com a senhora?", parecia perguntar. A sra. Marden enrubesceu da mesma maneira como o fizera após seu estranho movimento de uma semana antes no Passeio Público, e fiquei por isso surpreso quando me disse com inesperada segurança: "O senhor devia ter mão mais firme!". Eu começava a tartamudear uma defesa de minha mão quando lhe percebi o olhar fito em mim com um intenso rogo. Era ambíguo, à primeira vista, e só serviu para aumentar minha confusão; então, de súbito, o compreendi claramente, como se ela tivesse murmurado:

"Dê a entender que foi culpa sua... dê a entender que foi o senhor". A criada voltou para apanhar os cacos da xícara e enxugar o chá derramado, mas enquanto eu estava no meio da minha representação, a sra. Marden se afastou bruscamente de mim e da atenção da filha encaminhando-se para a outra sala. Nem se preocupou com o estado de seu vestido.

Não as vi mais naquela noite, mas na manhã seguinte, em King's Road, encontrei Charlotte com um rolo de música no regalo. Disse-me que estava vindo sozinha da casa de uma amiga ali perto, onde fora ensaiar um dueto, e eu lhe perguntei se aceitava minha companhia pelo resto do caminho. Consentiu que eu a acompanhasse até sua porta, e quando paramos diante dela, indaguei se poderia entrar. "Não, hoje não... não o quero hoje", respondeu muito tesa, embora com certa afabilidade; entrementes, suas palavras me fizeram lançar um tristonho e desconsolado olhar a uma das janelas da casa. Dei com o rosto pálido da sra. Marden, que nos espiava da sala de visitas. Permaneceu ali tempo bastante para mostrar que *era* ela mesma e não a aparição com que quase a confundi; depois sumiu antes que a filha a pudesse ver. Esta não falara a respeito da mãe durante nossa caminhada. Como me fora dito que não queriam minha presença, deixei-as a sós durante algum tempo, após o qual certas casualidades nos mantiveram afastados por ainda mais tempo. Finalmente fui até Londres, e enquanto lá estava recebi um insistente convite para ir de imediato a Tranton, uma encantadora e antiga propriedade em Sussex que pertencia a um casal que eu conhecera havia pouco.

De Londres fui a Tranton e, ao ali chegar, encontrei as Marden e mais um grupo de outros convidados. A primeira coisa que a sra. Marden disse foi: "Quer me perdoar?", e quando lhe perguntei o que tinha a perdoar-lhe, respondeu: "Eu ter derramado meu chá sobre o senhor". Repliquei que o derramara em si própria, ao que disse-me: "De qualquer modo, fui muito grosseira... mas acho que algum dia entenderá, e aí saberá escusar-me". No primeiro dia de minha estada, fez mais duas ou três daquelas referências — já se havia permitido mais de uma antes — à mística iniciação que estava à minha espera; pus-me então a caçoar dela, dizendo-lhe que gostaria que a coisa fosse menos pasmosa a fim de ser posta logo para fora. Respondeu-me que, quando me acontecesse, eu teria de a pôr logo para fora — não haveria muita opção. Estava particularmente claro para a sra. Marden que isso me *iria* acontecer; e um fundo pressentimento era a única razão de ela ter chegado a mencionar o assunto. Acaso não me recordava de que ela me falara de intuições? Desde a primeira vez que me viu, estivera certa de que havia coisas que eu não escaparia de saber. Nesse meio-tempo, não me restava nada a fazer senão esperar e manter-me calmo, sem precipitações. Ela desejava em especial não ficar demasiado nervosa. E eu, sobretudo, tampouco eu deveria ficar nervoso — nos acostumamos com tudo. Repliquei que, embora não pudesse entender aquilo de que me falava, eu estava terrivelmente assustado; a ausência de uma pista deixava solta por demais a imaginação da pessoa. Exagerei propositalmente; se a sra. Marden era misteriosa, dificilmente se poderia dizer que fosse alarmante. Eu não conseguia imaginar o que queria dar a entender, mas fiquei antes matutando do que tremendo. Eu poderia ter dito a mim mesmo que ela não estava lá muito bem do juízo, mas semelhante ideia nunca me ocorreu. A impressão que ela me dava era de estar desesperadamente certa.

Havia outras moças na casa, mas Charlotte era a mais encantadora; o consenso a respeito quase chegava a interferir no abate de caça terrestre. Havia dois ou três homens, e eu era um deles, que preferiam a companhia dela à dos batedores. Em suma, era reconhecida como uma forma superior, e bem mais refinada, de esporte. Mostrava-se gentil com todos — fazia-nos ir deitar tarde e levantar cedo. Eu não sabia se ela flertava, mas vários outros membros do grupo achavam que sim. Em verdade, no que lhe dizia respeito, Teddy Bostwick, que tinha vindo de Brighton, estava visivelmente seguro disso.

O terceiro dia de minha estada era um domingo, que impunha um belo passeio através dos campos até o ofício religioso da manhã. O tempo estava nublado, ventoso, e o sino da igrejinha aninhada no vale da chapada de Sussex soava próximo e caseiro. Éramos uma procissão meio dispersa no ar brandamente úmido — o qual, como costuma acontecer nessa quadra do ano, suscita a sensação de que, após as árvores perderem a folhagem, haverá mais ar e um céu mais amplo — e eu dei um jeito de ficar bem atrás dos outros, em companhia da srta. Marden. Lembro-me, à medida que íamos caminhando sobre a turfa, de sentir um forte impulso de dizer algo de intensamente pessoal, algo de violento e importante — importante para *mim* — tal como nunca a ter visto tão adorável assim ou aquele momento em particular ser o mais doce de minha vida. Na juventude, porém, palavras desse tipo afloram aos lábios muitas vezes antes de serem efetivamente pronunciadas; e eu tinha a impressão não de não a conhecer o suficiente — o que pouco me importava —, mas de ela não *me* conhecer o suficiente. Na igreja, um museu de tumbas e placas sepulcrais da antiga Tranton, o compartimento reservado aos Tranton estava repleto. Vários de nós se espalharam pela nave e encontrei um lugar para a srta. Marden e outro para mim, contíguo, longe de sua mãe e da maioria dos nossos amigos. Havia dois ou três dignos aldeãos no banco, que se afastaram abrindo lugar para nós; fui o primeiro a sentar-me a fim de isolar minha companheira dos vizinhos. Após ela ter se sentado, ficou ainda um lugar livre, o qual permaneceu desocupado até quase a metade do ofício religioso.

Esse foi pelo menos o momento em que notei que outra pessoa entrara e tomara o lugar. Quando reparei, parecia ter estado havia já alguns minutos no banco — acomodara-se, pusera o chapéu a seu lado e, com as mãos cruzadas sobre o castão da bengala, olhava para o altar na nossa frente. Era um rapaz pálido, vestido de preto, com um ar de distinção. Sua presença surpreendeu-me um pouco, pois a srta. Marden não chamara minha atenção abrindo-lhe lugar no banco. Ao fim de alguns minutos, observando que ele não tinha um livro de orações, estendi-lhe o meu por sobre a companheira de compartimento e o depus na prateleira; de tal manobra não estava de todo ausente a esperança de a minha carência levar a srta. Marden a dar-me para segurar um lado do *seu* volume de capa de veludo. O pretexto iria, porém, malograr, pois no momento em que lhe ofereci o livro, o intruso — cuja intrusão eu perdoara com esse gesto — levantou-se sem me agradecer, saiu silenciosamente do compartimento (que não tinha porta) e muito discretamente, para não atrair atenção, desceu pelo centro da igreja. Uns poucos minutos lhe haviam bastado para as devoções. Seu comportamento era impróprio, mais ainda pela partida prematura que pela chegada tardia; movimentou-se, todavia, tão silenciosamente que não nos incomodou, e verifiquei, ao voltar-me um pouco para olhá-lo, que ninguém fora perturbado pela sua saída. Mas percebi, com surpresa, que a sra. Marden havia sido tão afetada por ela que se erguera involuntariamente do seu lugar. Fitou-o quando passou, mas a passagem foi muito rápida e ela tornou a sentar-se com igual rapidez, mas não tão prontamente que não desse com o meu olhar do outro lado da igreja. Cinco minutos mais tarde, perguntei em voz baixa à sua filha se podia ter a bondade de passar de volta meu livro de orações — esperara para ver se iria fazer o gesto espontaneamente. A jovem me devolveu aquele auxílio à devoção; estivera, porém, tão longe de preocupar-se a respeito que me perguntou, ao devolvê-lo: "Céus, por que razão o colocou ali?". Ia responder-lhe quando ela se ajoelhou; contive a língua. Pretendia dizer apenas: "Quis só ser educado".

Após a bênção, quando estávamos deixando nossos lugares, fiquei algo surpreso ao ver a sra. Marden, em vez de sair com os seus companheiros, vindo pelo corredor central em nossa direção, aparentemente porque tinha algo a dizer à filha. Disse-lhe, mas de pronto percebi que fora um pretexto — seu assunto era comigo na verdade. Fez Charlotte adiantar-se e de súbito me perguntou num cochicho: "O senhor o viu?".

"O cavalheiro que se sentou ali? Como podia deixar de vê-lo?"

"Silêncio!", disse, muito excitada; "Não *fale* com ela… não lhe diga nada!" Introduziu a mão sob o meu braço para manter-me junto de si, a fim de afastar-me, ao que parecia, da filha. A preocupação era desnecessária, pois Teddy Bostwick já se havia apoderado da srta. Marden, e quando saíam da igreja, à minha frente, vi outro dos homens juntar-se a ela pelo outro lado. Pelo jeito, achavam que eu já tivera o meu quinhão. A sra. Marden soltou-me assim que saímos, mas não antes de eu ver que precisara do meu apoio. "Não fale disso com ninguém... não diga a ninguém!", acrescentou ela.

"Não entendo. Dizer o quê?"

"Dizer que o viu."

"Certamente o viram com seus próprios olhos."

"Nenhum deles, nenhum deles", falava com tão veemente convicção que me voltei para ela — olhava fixo para a frente. Mas sentiu o desafio da minha mirada e deteve-se de imediato no velho e acastanhado pórtico de madeira da igreja, enquanto os demais já iam adiantados; ali, olhando-me agora de maneira bastante insólita, disse: "O senhor é a única pessoa; a única pessoa no mundo".

"Mas e a *senhora*, minha cara?"

"Oh, eu... claro. Essa é a minha maldição!" Dito isso, apressou-se em ir ao encontro do nosso grupo. Fiquei meio à parte durante o caminho de volta — tinha muito em que pensar. Quem fora que eu vira e por que a aparição — que se patenteava de novo, claramente, aos olhos de minha lembrança — era invisível aos outros? Se fora aberta uma exceção para a sra. Marden, por que se constituía numa maldição, e por que devia eu partilhar tão discutível vantagem? Tais perguntas, que eu trazia fechadas no peito, mantiveram-me indubitavelmente calado durante o almoço. Depois do repasto, saí para o antigo terraço a fim de fumar um cigarro, mas tinha dado apenas uma ou duas voltas quando deparei com a máscara moldada da sra. Marden à janela de um dos aposentos que olhavam para o pavimento de lajes irregulares. Fez-me lembrar a mesma fugaz presença por trás da vidraça, em Brighton, no dia em que encontrei Charlotte e a acompanhei de volta à casa. Mas desta vez minha ambígua amiga não se desvaneceu; bateu no vidro e fez-me sinal de que entrasse. Ela estava num curioso e pequeno aposento, uma das muitas salas de recepção que formavam o andar térreo de Tranton; era conhecida como a sala indiana e tinha um estilo denominado oriental — espreguiçadeiras de bambu, biombos laqueados, lanternas de longas franjas e estranhos ídolos em armários, objetos não reputados propícios à sociabilidade. O aposento era pouco usado, e quando fui ao encontro da sra. Marden tivemo-lo só para nós. Assim que apareci, ela me disse: "Por favor, responda… está apaixonado por minha filha?".

Eu tinha de dar-me algum tempo. "Antes de eu responder à sua pergunta, quer ter a bondade de me dizer o que foi que lhe sugeriu essa ideia? Não acho que eu tenha sido muito atrevido."

Contradizendo-me com seus belos olhos ansiosos, ela não me deu nenhuma satisfação quanto ao ponto que eu mencionara; limitou-se a prosseguir tenazmente: "O senhor não disse nada a ela no caminho da igreja, disse?".

"O que é que a faz pensar que eu disse algo?"

"Ora, o fato de o ter visto."

"Visto a quem, minha cara sra. Marden?"

"Oh, o senhor sabe", respondeu ela em tom grave, inclusive com uma ponta de censura, como se eu estivesse tentando humilhá-la ao forçá-la a nomear o inominável.

"Refere-se ao cavalheiro que inspirou sua estranha declaração na igreja... aquele que entrou no compartimento?"

"O senhor o viu, o senhor o viu!", disse ela em voz ofegante, numa estranha mistura de consternação e alívio.

"Lógico que o vi, e a senhora também."

"Não há lógica nisso. Achou que era inevitável?"

A pergunta novamente me desconcertou. "Inevitável?"

"Que o senhor *tivesse* de vê-lo?"

"Certamente, já que não sou cego."

"Poderia ter sido. Todos os outros são." Eu estava inteiramente perplexo e o confessei com franqueza à minha interlocutora, mas ela em nada melhorou as coisas ao exclamar: "Eu sabia que o iria ver, a partir do momento em que estivesse realmente apaixonado por ela! Eu sabia que essa seria a prova... quero dizer... a confirmação".

"Esse alto estado acarreta sempre perplexidades assim?", perguntei, com um sorriso.

"O senhor pode julgar por si mesmo. Pois o vê, o vê!", ela exultava. "E tornará a vê-lo."

"Não faço nenhuma objeção, mas terei maior interesse por ele se a senhora tiver a bondade de me dizer de quem se trata."

Ela furtou-se ao meu olhar — e então o enfrentou conscientemente. "Eu lhe direi se me disser antes o que falou a ela no caminho da igreja."

"Ela lhe contou que eu disse alguma coisa?"

"E era preciso?", perguntou com ênfase.

"Oh, sim, eu me lembro... suas intuições! Mas lamento dizer que desta vez elas falharam; pois eu não disse nada, absolutamente nada de mais à sua filha."

"Está certo, bem certo, disso?"

"Dou-lhe minha palavra, sra. Marden."

"Acha então que não está apaixonado por ela?"

"Isso já é uma outra questão!", respondi rindo.

"Então está... *está*! Não o teria visto se não estivesse."

"Mas, diacho, quem é ele, senhora?", insisti com certa irritação.

Ela, no entanto, respondeu minha pergunta com outra.

"Pelo menos o senhor não *queria* dizer algo a ela... não chegou bem perto de dizer?"

Bem, a pergunta já era mais a propósito; justificava as famosas intuições.

"Ah, perto tanto quanto queira... digamos por um fio de cabelo. Não sei o que não me deixou falar."

"Era mais do que o bastante", falou a sra. Marden. "Não é o que o senhor diz que importa, mas o que sente. É por *aí* que ele se guia."

Acabei por aborrecer-me com as reiteradas referências a uma identidade por ser estabelecida, e juntei as mãos com um ar de súplica, o qual encobria grande impaciência real, uma curiosidade muito aguda e até mesmo os primeiros latejos de certo sonho sacro. "Suplico-lhe que me diga de quem está falando."

Ela ergueu os braços, desviando o olhar de mim, como se a livrar-se tanto da reserva quanto da responsabilidade. "Sir Edmund Orme."

"E quem seria sir Edmund Orme?"

No momento em que perguntei, ela estremeceu. "Silêncio... aí vêm eles." E em seguida, quando, acompanhando a direção dos seus olhos, vi Charlotte no terraço sob nossa janela, acrescentou: "Não dê a perceber que o viu... *nunca*!".

A moça, que sombreara os olhos com as mãos para olhar pela vidraça, fez sinal pedindo que a deixássemos entrar; fui abrir a porta-janela. A mãe voltou-lhe as costas e ela entrou com um riso de desafio: "Céus, o que estão os dois tramando aqui?". Certo plano — esqueço qual — estava sendo preparado para a tarde, e solicitava-se a participação ou consentimento da sra. Marden, já que a minha própria adesão era tida como certa; por isso Charlotte andara por quase toda a casa à procura dela. Eu estava atarantado, vendo a perturbação da sra. Marden — quando ela se virou para a filha, disfarçou a perturbação em um gesto extravagante, atirando-se ao pescoço dela num abraço —, e, para dissipar o embaraço, exagerei na galantaria.

"Eu estava pedindo sua mão à sua mãe."

"Ah, sim? E ela a concedeu?", retrucou alegremente a srta. Marden.

"Estava a ponto de conceder quando a senhorita apareceu ali."

"Bem, é só por um instante… vou deixá-los à vontade."

"Você gosta dele, Charlotte?", perguntou a sra. Marden com uma candura que dificilmente eu esperava.

"É difícil responder *diante* dele, não acha?", prosseguiu a encantadora criatura, entrando no espírito da brincadeira, mas olhando-me como se estivesse longe de gostar de mim.

Teria precisado dizê-lo diante de outra pessoa, igualmente, pois nesse momento entrou na salinha, vindo do terraço — a janela fora deixada aberta —, um cavalheiro que se mostrou, pelo menos aos meus olhos, naquele instante. A sra. Marden dissera: "Aí vêm *eles*", mas ele parecia estar acompanhando-lhe a filha a uma certa distância. Reconheci-o de imediato como o personagem que se sentara a nosso lado na igreja. Desta vez pude vê-lo melhor; vi-lhe o rosto e sua postura me pareceu estranha. Falo dele como de um personagem porque sentia-se, de modo indescritível, como se um príncipe reinante tivesse entrado na sala. Ele se dava um certo ar de altaneria, como se fosse diferente dos que o cercavam. Todavia, olhou-me grave e fixamente, a ponto de eu me perguntar o que esperava de mim. Será que queria que eu me ajoelhasse ou que lhe beijasse a mão? Voltou os olhos de igual maneira para a sra. Marden, mas ela sabia o que fazer. Após a primeira agitação produzida pelo seu aparecimento, não lhe deu mais nenhuma atenção; isso me lembrou a veemente advertência que me fizera. Custava-me um grande esforço imitá-la, pois, embora eu não soubesse coisa alguma a respeito dele, salvo que era sir Edmund Orme, sua presença atuava como um forte encanto, quase como uma opressão. Ele ficou ali parado, de pé, sem falar — jovem, pálido, bonito, bem barbeado, digno, com olhos de um invulgar azul-claro e transparecendo algo de antiquado na cabeça e no modo de trazer o cabelo, como um retrato de anos atrás. Vestia luto fechado — via-se de pronto que estava muito bem trajado — e levava o chapéu na mão. Tornou a olhar-me com estranha fixidez, mais fixamente do que jamais me olhara até então qualquer outra pessoa deste mundo; lembro-me de ter sentido um arrepio e de ter desejado que ele dissesse algo. Nunca um silêncio me parecera tão insondável. Tudo isso foi evidentemente uma impressão muito rápida e intensa; mas a expressão de Charlotte me provou, de súbito, que durara ao menos alguns instantes. Esta ficou a olhar de um para o outro de nós — ele nunca pôs os olhos nela nem ela o parecia estar vendo — e então exclamou: "Céus, mas o que há? Que caras mais estranhas!". Senti a cor voltar à minha, e ela prosseguiu no mesmo tom: "Chega-se a pensar que viram um fantasma!". Tive consciência de haver enrubescido fortemente. Sir Edmund Orme não corava, e eu estava certo de que nenhum embaraço o atingia. Encontram-se pessoas assim, mas jamais alguém com tamanha indiferença.

"Não seja impertinente e vá dizer a todos que logo estarei com eles", falou a sra. Marden com muita dignidade, mas trazendo um tremor na voz que não me escapou.

"E você virá... *e você*?", perguntou a jovem, virando para ir-se embora. Não lhe dei resposta, por julgar que a pergunta estivesse endereçada à minha companheira. Mas esta ficou mais calada que eu; quando chegou à porta — ia sair por ali —, Charlotte se deteve com a mão na maçaneta e olhou-me, repetindo a pergunta. Assenti, adiantando-me num pulo para abrir-lhe a porta, e, ao sair, ela me disse zombeteiramente: "Ainda não recuperou o juízo... não terá a minha mão!".

Fechei a porta e, voltando-me, vi que, no momento em que eu lhe dera as costas, sir Edmund Orme se tinha retirado para perto da janela. A sra. Marden ficou parada no mesmo lugar e nós nos entreolhamos por algum tempo. Só então me ocorreu — quando a moça saiu — que Charlotte não se apercebera do que tinha acontecido. Foi *isso* que, muito estranhamente, me deu um súbito e forte estremecimento — e não a minha própria percepção do nosso visitante, que senti como muito natural. Tornou patente para mim o fato de que Charlotte não dera tampouco pela presença dele na igreja, e os dois fatos juntos — agora que já tinham acontecido — fizeram meu coração bater perceptivelmente mais forte. Enxuguei a testa e a sra. Marden exclamou num gemido baixo e angustiado: "O senhor agora conhece a minha vida — agora conhece a minha vida!".

"Em nome de Deus, quem é ele... *o que é* ele?"

"É um homem a quem fiz uma injustiça."

"De que maneira?"

"Oh, de uma maneira terrível... anos atrás."

"Anos atrás? Ora, ele é tão jovem."

"Jovem... jovem?", gritou a sra. Marden. "Nasceu antes de *mim*!"

"Então por que parece jovem?"

Ela achegou-se a mim, pôs a mão no meu braço e havia algo em seu rosto que me fez estremecer de leve. "O senhor não compreende... não *sente*?", perguntou-me com veemência.

"Eu me sinto esquisito!", respondi-lhe, rindo, e cônscio de que a voz me traía o estado de ânimo.

"Ele está morto!", disse a sra. Marden com seu rosto pálido.

"Morto?", exclamei. "Então esse cavalheiro era...?" Não consegui sequer pronunciar a palavra.

"Chame-lhe como preferir… há vinte outros nomes vulgares. Ele é uma presença perfeita."

"Uma esplêndida presença!", gritei. "Este lugar está assombrado, *assombrado*!" Exultava ao articular a palavra, como se ela designasse tudo aquilo que eu jamais sonhara.

"Não é o lugar… lamentavelmente!", retrucou de imediato a sra. Marden. "O lugar não tem nada a ver com isso!"

"Então é a senhora, minha cara?", perguntei, como se fosse ainda melhor.

"Não, não sou eu tampouco… antes fosse!"

"Talvez seja eu", sugeri com um débil sorriso.

"Não é ninguém mais senão a minha menina… a minha menina inocente, inocente!" E com estas palavras a sra. Marden sucumbiu — deixou-se cair numa cadeira e rompeu em lágrimas. Balbuciei algumas perguntas — instei numa confusa súplica, mas ela se negou a responder-me, repentina e arrebatadamente. Insisti — não poderia eu ajudá-la, intervir no caso? "Você *já* interveio", disse a soluçar; "agora *faz parte* dele."

"Fico feliz de ser parte de caso tão insólito", declarei ousadamente.

"Feliz ou não, não pode mais sair dele."

"Nem quero sair… é interessante demais."

"Fico satisfeita de saber que gosta!" Ela se afastara de mim e se apressara a enxugar os olhos. "E agora vá-se embora."

"Mas quero saber mais a respeito."

"Irá vê-lo o quanto quiser. Vá-se embora!"

"Mas quero compreender o que vejo."

"Como poderia... se eu mesma não consigo compreender?", exclamou ela em desespero.

"Conseguiremos juntos... vamos descobrir."

Ela se ergueu, fazendo o possível para obliterar as lágrimas. "Sim, será melhor juntos... eis por que gostei do senhor."

"Oh, descobriremos tudo!", repliquei.

"Então o senhor deve se controlar melhor."

"Eu me controlarei sim... com a prática."

"Acabará por se acostumar", disse a minha amiga num tom que jamais esqueci. "Mas vá agora procurá-los; irei dentro de um minuto."

Saí para o terraço e percebi que tinha um papel a desempenhar. Assim, longe de temer outro encontro com a "presença perfeita", conforme ela lhe chamara, meu comprazimento fora espicaçado. Desejava que se repetisse minha boa sorte; abri-me para a impressão; dei uma volta à casa com o açodamento de quem esperasse alcançar sir Edmund Orme. Não o alcancei então, mas o dia não iria terminar sem eu reconhecer que, como dissera a sra. Marden, iria vê-lo o quanto quisesse.

Demos, ou a maioria de nós deu, um passeio coletivo que, nas casas de campo inglesas, é — ou era naquela época — o passatempo consagrado das tardes de domingo. Ficamos adstritos aos caminhos mais regulares, praticáveis para as senhoras;

além disso, as tardes eram curtas e por volta das cinco horas estávamos de volta à lareira do salão com o sentimento, pelo menos de minha parte, de que poderíamos ter feito um pouco mais pelo nosso chá. A sra. Marden dissera que se juntaria a nós, mas não apareceu; sua filha, que tornara a vê-la antes de sairmos, limitou-se a explicar que a mãe estava fatigada. Ficou invisível a tarde toda, mas esse foi um pormenor a que não dei maior atenção, assim como não dera à circunstância de não ter tido Charlotte para mim nem sequer por cinco minutos durante todo o nosso passeio. Eu estava demasiado absorvido por outro interesse para importar-me; sentia sob os pés a soleira de uma estranha porta, que de súbito fora aberta em minha vida e da qual vinha um ar de uma pungência como eu jamais respirara e de um sabor mais forte que o do vinho. Eu sempre ouvira falar de aparições, mas era coisa bem diversa ter visto uma e saber que com toda probabilidade tornaria a vê-la familiarmente, por assim dizer. Eu estava à espreita dela como o piloto da luz giratória de um farol, e pronto para fazer considerações sobre o sinistro assunto, para informar a todos em geral que os fantasmas eram muito menos assustadores e muito mais divertidos do que o supunha o comum das pessoas. Não havia dúvida de que eu fora exaltado. Não conseguia refazer-me da surpresa pela distinção a mim conferida, pela exceção feita em meu favor — de um místico alargamento de visão. Ao mesmo tempo, creio ter feito justiça à ausência da sra. Marden — um comentário, a meu ver, daquilo que ela me dissera: "Agora o senhor conhece a minha vida". Ela provavelmente se vira exposta à nossa aparição anos a fio e, não tendo a minha fibra, sucumbira. Perdera o domínio dos nervos, embora tivesse também podido atestar que, em certa medida, a gente se acostuma com isso. Acostumara-se a sucumbir.

O chá da tarde, numa quadra em que o crepúsculo caía cedo, era uma hora amistosa em Tranton; a luz da lareira tremulava no branco e vasto salão do século passado; as simpatias quase se declaravam, juntando-se, de botas sujas de barro, antes de ir se vestir, em sofás fundos, para as últimas palavras depois do passeio; e mesmo a solitária absorção no terceiro volume de um romance desejado por outrem parecia uma forma de cordialidade. Aguardei o momento oportuno e fui até Charlotte quando a vi prestes a retirar-se. Uma após outra, as senhoras haviam deixado o local, e quando me dirigi expressamente a ela os outros três homens que lhe faziam companhia pouco a pouco se dispersaram. Tivemos uma vaga e breve conversa — ela devia ter estado bastante preocupada, e os céus sabem quanto *eu* estava — após a qual disse que tinha de ir, senão se atrasaria para o jantar. Eu lhe provei por A e B que ainda tinha muito tempo... mas ela objetou que, de qualquer modo, devia subir para ir ver a mãe, que receava não estivesse bem.

"Pelo contrário, está melhor do que jamais esteve em muito tempo — posso lhe garantir", eu disse. "Descobriu que pode confiar em mim, e isso lhe fez bem." A srta. Marden tornou a sentar-se e fitou-me sem sorrir, com uma aflição indistinta nos belos olhos; não exatamente como se eu a estivesse incomodando, mas como se não mais se sentisse disposta a levar em brincadeira o que se tinha passado entre mim e sua mãe — fosse o que fosse, não era tampouco razão para solenidade excessiva. Eu podia, no entanto, responder à sua indagação com inteira benignidade e candura, pois sabia com certeza que a pobre senhora transferira para mim parte do seu fardo e com isso ficara proporcionalmente aliviada. "Estou certo de que ela dormiu a tarde toda como não dormia há anos", prossegui. "Basta perguntar-lhe."

Charlotte tornou a levantar-se. "O senhor está se fazendo muito útil."

"A senhorita ainda dispõe de um quarto de hora", eu disse. "Não tenho então direito de conversar um pouco consigo a sós, depois de sua mãe me ter dado a sua mão?"

"E foi a *sua* mãe que me deu a sua? Fico muito grata a ela, mas não a quero. Acho que nossas mãos não são de nossas mães... são de nós mesmos!", retrucou ela, rindo.

"Sente-se, sente-se, e deixe-me contar-lhe!", roguei.

Continuei ali, a insistir, na esperança de que me atendesse. Ela ficou pensativa, a olhar vagamente em várias direções, como se se achasse sob uma compulsão algo penosa. O salão estava em silêncio — ouvíamos o tique-taque ruidoso do grande relógio. Ela então sentou-se devagar e eu puxei uma cadeira para perto dela. Isso me pôs novamente diante do fogo e ao virar-me vi com desconcerto que não estávamos sós. Um instante depois, mais estranhamente do que o poderia dizer, meu desconcerto, em vez de aumentar, desapareceu, pois a pessoa na frente do fogo era sir Edmund Orme. Ali estava ele como eu o vira na sala indiana, a fitar-me com uma atenção inexpressiva cuja gravidade advinha da sua sombria distinção. A essa altura, eu sabia bem mais a respeito dele, pelo que tive de conter um gesto de identificação, de reconhecimento da sua presença. Assim que me dei conta dela, e de que persistia, a sensação de termos companhia, Charlotte e eu, desvaneceu-se: pelo contrário, senti que nos tínhamos aproximado mais perceptivelmente. Nenhuma influência de nosso companheiro a atingia, e fiz um tremendo e quase bem-sucedido esforço de ocultar-lhe que minha própria sensibilidade mudara e de que meus nervos estavam tensos como cordas de harpa. Digo "quase" porque ela me olhou por um instante — enquanto minhas palavras tinham sido interrompidas — de uma maneira que me fez recear fosse dizer outra vez o que dissera na sala indiana: "Céus, mas o que há?".

O que havia comigo eu lhe disse prontamente, pois, ao tocante espetáculo da sua inconsciência, o pleno conhecimento do que fosse me empolgou. Tocante era ela na presença daquele insólito presságio. O que pressagiava, perigo ou pesar, felicidade ou infortúnio, era uma questão de somenos; tudo quanto eu via, com Charlotte ali sentada, era ela estar, inocente e fascinante, à beira do que lhe teria parecido um horror. Um horror oculto aos seus olhos mas que poderia a qualquer momento revelar-se. Descobri que isso não me importava agora, pelo menos não além do que me fosse suportável; todavia, era muito possível que importasse a ela, e, se não lhe fosse curioso ou interessante, poderia facilmente ser apavorante. Compreendi depois que não me importava muito, a mim pessoalmente, porque eu estava tomado pela ideia de protegê-la. Meu coração pôs-se a bater mais forte a essa ideia; resolvi-me a fazer o que pudesse para manter vedada a sua percepção. Continuaria a ser-me de todo obscuro o que eventualmente fazer se, à medida que os minutos passavam, eu não me tivesse tornado cônscio de, mais do que nada, amá-la. A maneira de a salvar era amá-la e a maneira de amá-la era dizer isso a ela, aqui e agora. Sir Edmund Orme não me impedia de fazê-lo, tanto mais que, depois de um instante, voltou-nos as costas e ficou a contemplar discretamente o fogo. Ao cabo de outro momento, apoiou a cabeça ao braço, contra o consolo da chaminé, numa atitude de gradual desalento, como um espírito mais fatigado ainda que discreto. Charlotte Marden ergueu-se em sobressalto quando eu lhe disse — ergueu-se para escapar, mas não ficou ofendida: o sentimento que eu exprimira era demasiado verdadeiro. Moveu-se pelo aposento com um murmúrio de súplica, e eu estava tão ocupado em acompanhar qualquer pequena vantagem que pudesse ter obtido que não percebi de que modo sir Edmund Orme havia desaparecido. Verifiquei apenas que seu lugar estava vazio. Isso não fazia diferença — ele fora um estorvo mínimo; lembro tão só de ter-me repentinamente surpreendido algo de inexorável no pequeno e triste aceno de cabeça que Charlotte me deu.

"Não lhe peço uma resposta agora", eu disse; "Quero apenas que esteja cônscia... cônscia de que muita coisa depende dela."

"Oh, não quero dar-lhe uma resposta nem agora nem nunca!", replicou ela. "Por favor, odeio esse assunto... gostaria de ser deixada em paz." E em seguida, já que eu poderia achar um tanto rude esse franco e irreprimível grito de uma beldade assediada, acrescentou, pronta, vaga e benevolamente, ao deixar o salão: "Obrigada, obrigada... muito obrigada!".

No jantar, fui suficientemente generoso para alegrar-me com a circunstância de, embora partilhássemos o mesmo lado da mesa, eu estar longe do seu alcance. A mãe dela estava quase na minha frente, e, logo depois de se ter sentado, a sra. Marden me deu longo e profundo olhar que exprimia, em grau extremo, a nossa estranha comunhão. Significava decerto: "Ela me contou", mas significava também outras coisas. Fosse como fosse, eu sabia o que a minha muda resposta lhe comunicava: "Tornei a vê-lo... tornei a vê-lo!". Isso não impediu a sra. Marden de tratar seus vizinhos de mesa com a costumeira e escrupulosa afabilidade. Depois do jantar, quando, no salão de recepção, os homens se juntaram às senhoras e eu fui até ela para dizer-lhe que desejava muito poder trocar tranquilamente algumas palavras, ela me disse, em voz baixa, por trás do leque que abriu e fechou: "Ele está aqui... ele está aqui".

"Aqui?" Olhei à volta, mas fiquei desapontado.

"Olhe para onde *ela* está", disse a sra. Marden com uma leve aspereza de tom. Charlotte se achava de fato não no salão principal, mas num outro, menor, para o qual o principal se abria e que era conhecido como salão matutino. Adiantei-me alguns passos e vi-a, por um vão de porta, de pé no meio do aposento, conversando com três cavalheiros cujas costas estavam praticamente voltadas para mim. Por um momento a minha busca pareceu vã; aí percebi que um dos cavalheiros — o do meio — só poderia ser sir Edmund Orme. Desta vez *era* surpreendente que os outros não o vissem. Dir-se-ia que Charlotte tinha os olhos fitos nele e lhe estava falando diretamente. Ela me avistou após um instante, todavia, e imediatamente desviou o olhar. Voltei para junto de sua mãe com um avivado receio de a jovem poder estar pensando que eu a vigiava, o que seria injusto. A sra. Marden tinha encontrado um pequeno sofá — meio retirado — e eu me sentei a seu lado. Como havia algumas questões que eu queria muito discutir, meu desejo era que estivéssemos na sala indiana. Dei-me conta, porém, de que nossa privacidade era mais que suficiente. Nós nos comunicávamos tão íntima e tão completamente agora, e com tais mudas reciprocidades, que em qualquer circunstância ela seria adequada.

"Oh, sim, ele está aqui", eu disse; "e por volta das sete e quinze estava no salão de recepção."

"Eu soube, a essa altura... e fiquei tão contente!", respondeu ela de pronto.

"Contente?"

"De que fosse assunto seu e não meu. É um descanso para mim."

"A senhora dormiu a tarde toda?", perguntei então.

"Como não dormia há meses. Mas como sabia disso?"

"Suponho que do mesmo modo como a *senhora* sabia que sir Edmund estava no salão de recepção. Agora vamos evidentemente saber coisas um do outro... que dizem respeito ao outro."

"Que dizem respeito a *ele*", corrigiu a sra. Marden. "É uma bênção, a maneira como o senhor aceita a situação", acrescentou, com um longo e brando suspiro.

"Aceito-a", repliquei prontamente, "como um homem que está apaixonado por sua filha."

"Claro... claro." Por mais intensamente que eu ansiasse pela jovem, não pude deixar de rir de leve do tom dessas palavras, o que levou minha companheira a dizer de imediato: "De outro modo, não o teria visto".

Bem, eu prezava o meu privilégio, mas vi uma objeção nisto. "Todos os que estejam apaixonados por ela o veem? Se assim for, serão dúzias de homens."

"Não estão apaixonados por ela como o senhor está."

Entendi o seu reparo e não pude deixar de aceitá-lo. "Só posso na verdade falar por mim próprio... e descobri que estava um pouco antes do jantar."

"Ela me contou assim que me viu", replicou a sra. Marden.

"E tenho alguma esperança... alguma possibilidade?"

"Assim eu anseio, e assim eu rezo."

A grave sinceridade de tais palavras me tocou. "Como lhe poderei agradecer o bastante?", murmurei.

"Creio que tudo vai passar... basta ela amar o senhor", continuou a pobre senhora.

"Tudo vai passar?" Eu estava um pouco confuso.

"Quero dizer que nos livraremos dele... nunca mais o tornaremos a ver."

"Oh, se ela me ama não me importa quantas vezes o verei!", retruquei sem rodeios.

"O senhor enfrenta a situação melhor do que *eu* poderia enfrentá-la", disse a minha companheira. "Tem a felicidade de não saber... de não compreender."

"De fato. O que, céus, pretende ele?"

"Quer que eu sofra." Voltou seu rosto lívido para mim ao dizê-lo e vi, pela primeira vez vi bem, o quanto, se esse havia sido o propósito do nosso visitante, ele o conseguira. "Pelo que eu lhe fiz", explicou ela.

"E o que foi que lhe fez?"

Ela me lançou um olhar inesquecível. "Eu o matei." Como havia apenas cinco minutos eu o avistara a cinquenta metros de distância, tais palavras me deram um sobressalto. "Sim, eu faço o senhor sobressaltar-se; tenha cuidado. Ele ainda está lá, mas eu o matei. Parti-lhe o coração... ele me achou terrivelmente má. Estávamos para casar, mas quebrei o compromisso... no último momento. Encontrei alguém a quem amava mais; essa foi a única razão. Não foi interesse ou dinheiro ou posição ou qualquer outra dessas baixezas. Todas as coisas boas eram dele. Simplesmente me apaixonei pelo major Marden. Quando *o* vi, senti que não poderia desposar outro homem. Eu não estava apaixonada por Edmund Orme; minha mãe e minha irmã mais velha, casada, é que tinham arranjado tudo. Mas ele me amava e eu sabia — isto é, quase sabia — quanto! Eu lhe disse porém que não me importava... que eu não podia, que eu jamais o iria desposar. Eu o deixei e ele tomou alguma droga ou beberagem abominável, que se revelou fatal. Foi horrível, foi medonho, ele ser encontrado naquelas condições... morreu em agonia. Casei-me com o major Marden, mas o casamento durou só cinco anos. Eu era feliz, muitíssimo feliz... o tempo faz esquecer. Mas quando meu marido morreu, comecei a vê-lo."

Eu escutava atentamente, surpreso. "A ver seu marido?"

"Nunca, nunca... não *dessa* maneira, graças a Deus! A ver a *ele*... e com Chartie, sempre com Chartie. Na primeira vez quase morri... foi uns sete anos atrás, quando ela estava comigo. Nunca acontece quando estou sozinha... só junto com ela. Às vezes passam-se meses, e então o vejo todo dia, durante uma semana. Tentei de tudo para romper o encanto... médicos e *régimes* e mudanças de clima; rezei a Deus de joelhos. Aquele dia em Brighton, no Passeio Público com o senhor, quando pensou que eu estava doente, aquela foi a primeira vez depois de muito tempo. E então de noite, quando derramei o meu chá sobre o senhor, e o dia em que o senhor chegou com Charlotte e eu os vi da janela... cada uma dessas vezes ele estava ali."

"Compreendo, compreendo." Eu me sentia mais impressionado do que poderia dizer. "É uma aparição como outra."

"Como outra? O senhor já viu outra?", indagou ela.

"Não, refiro-me a esse tipo de coisa de que se ouve falar. É muitíssimo interessante encontrar um caso."

"O senhor me considera um caso?", perguntou minha amiga, profundamente ressentida.

"Estava pensando em mim próprio."

"Oh, é a pessoa certa!", prosseguiu ela. "Eu tive razão de confiar no senhor."

"Sou-lhe fervorosamente grato pela confiança; mas o que a levou a confiar?", perguntei.

"Planejei a coisa toda. Tive bastante tempo nestes anos terríveis em que ele vem me punindo na pessoa de minha filha."

"Dificilmente poderia ser isso", objetei, "já que a srta. Marden nunca soube."

"É o que me aterroriza, que ela *venha* a saber algum dia. Tenho indizível temor do efeito que poderia ter sobre ela."

"Ela não saberá, não saberá!", exclamei em voz tal que algumas pessoas se voltaram. A sra. Marden fez com que eu me levantasse e a nossa conversa cessou nessa noite. No dia seguinte, eu lhe disse que tinha de deixar Tranton — não era confortável nem polido permanecer ali como um pretendente rejeitado. Ela ficou desconcertada, mas aceitou minhas razões, só rogando com olhos pesarosos: "Vai me deixar sozinha com o meu fardo?". Ficou evidentemente entendido entre nós que por umas boas semanas convinha não cometer a indiscrição de "preocupar a pobre Charlotte": tais foram os termos em que, com estranha incoerência feminina e maternal, ela aludiu a uma atitude de minha parte que ela própria favorecia. Eu estava preparado para ser heroicamente atencioso, mas sustentei que mesmo tal delicadeza me permitiria dizer uma palavra à srta. Marden antes de partir. Pedi a ela, após o desjejum, que me acompanhasse numa volta pelo terraço; e como ela hesitasse, fitando-me com ar distante, expliquei que só queria fazer-lhe uma pergunta e dizer-lhe adeus — estava indo embora por *ela*.

Ela saiu para o terraço em minha companhia e, a passo lento, demos umas três ou quatro voltas à casa. Nada mais admirável que essa grande plataforma arejada, de onde cada olhar abrange o campo, com o mar em seu limite extremo. Bem pode ter sido que, ao passar diante da janela, ficássemos bem visíveis aos nossos amigos na casa, que iriam perceber sarcasticamente por que eu estava de partida. Mas isso não me importava; fiquei apenas a cogitar se eles não iriam ter dessa vez a impressão de sir Edmund Orme, que veio se juntar a nós numa das voltas e nos acompanhou devagar, caminhando do outro lado de Charlotte. De que fantástica essência era feito, eu ignorava; não tenho nenhuma teoria a seu respeito — deixo isso a outrem —, não mais do que a respeito de qualquer outro dos meus semelhantes mortais (ou da lei do *seu* ser) com quem tenha cruzado na vida. Ele era tão positivo, um fato tão individual e tão definitivo quanto qualquer deles. Acima de tudo, ao que parecia, era feito de uma mistura deveras fina, sensível e inteiramente respeitável, pelo que nem sequer me teria ocorrido tomar alguma liberdade, praticar algum experimento com ele, tocá-lo, por exemplo, ou dirigir-lhe a palavra, a ele que dava exemplo de silêncio, assim como não me ocorreria cometer qualquer outra grosseria social. Ele mantinha invariavelmente, conforme pude depois comprovar melhor, a perfeita compostura da sua posição — parecia estar sempre bem vestido e ungido, e se portava, em cada pormenor, exatamente como a ocasião exigia. Impressionou-me como um homem estranho, incontestavelmente, mas de certo modo também como um homem correto. Em pouco estava eu ligando uma ideia de beleza à sua irreconhecida presença; a beleza de uma velha história, de amor e dor e morte. Terminei por sentir que ele se pusera ao meu lado, velando pelos meus interesses, cuidando de que não me pregassem nenhuma partida e de que meu coração pelo menos não padecesse nenhuma desilusão. Oh, ele levara a sério sua própria chaga e sua própria perda — indubitavelmente as provara em vida. Se a pobre sra. Marden, responsável por elas, tinha refletido longamente sobre o caso, conforme me contou, eu também o submetera à análise mais precisa de que fora capaz. Era um caso de justiça distributiva, de atribuição aos filhos do pecado das mães, já que não dos pais. Aquela infortunada mãe iria pagar, em sofrimento, pelos sofrimentos que tinha infligido, e como a tendência de zombar das justas expectativas de um homem honesto poderia aflorar novamente, em meu detrimento, na filha, esta devia ser estudada e vigiada para que viesse a sofrer caso me fizesse igual agravo. Poderia emular sua progenitora nalgum lance de perversidade característica, tanto mais quanto tinha encantos parecidos aos dela; e se tal impulso surgisse, se ela fosse surpreendida, por assim dizer, em abuso de confiança ou nalgum ato de crueldade, seus olhos, por uma lógica insidiosa, se abririam repentina e impiedosamente para a "presença perfeita", que ela teria então de assimilar como pudesse à sua concepção juvenil de universo. Eu não temia muito por ela, porque não a sentira incitar-me por vaidade, e sabia que, se me desconcertara, fora porque eu próprio havia sido demasiadamente açodado. Teríamos ainda um bom caminho a percorrer antes de eu estar na posição de ser sacrificado por ela, que não poderia tomar de volta o que dera antes de ter dado bem mais. Se eu pedisse mais, seria uma outra questão; a pergunta que eu lhe fizera no terraço aquela manhã era se poderia continuar a visitar a casa da sra. Marden durante o inverno. Prometi não aparecer com demasiada frequência e durante três meses não tocar no ponto que havia levantado no dia anterior. Ela respondeu que eu poderia fazer o que achasse melhor, e com isso nos separamos.

Cumpri a promessa; contive a língua durante os três meses. Inesperadamente para mim, houve momentos, nesse período de tempo, em que ela me pareceu capaz de sentir falta da minha corte, embora pudesse ser indiferente à minha felicidade. Eu queria tanto fazê-la gostar de mim que me tornei sutil e engenhoso, espantosamente atento, pacientemente diplomático. Às vezes, eu achava que ganhara minha recompensa, que a levara a pique de dizer: "Ora, ora, o senhor é o melhor deles todos… pode me falar agora". Então, havia em sua beleza um vazio maior que nunca e certos dias um brilho zombeteiro nos seus olhos, brilho cujo significado parecia ser: "Se não tomar cuidado, eu *irei* aceitá-lo só para me livrar do senhor mais efetivamente". A sra. Marden me era de grande ajuda tão só por acreditar em mim, e eu valorizava a sua fé pelo fato de se manter firme durante uma repentina interrupção do milagre que se operara em meu favor. Depois de nossa visita a Tranton, sir Edmund Orme nos deu umas férias, e confesso que isso foi, a princípio, um desapontamento para mim. Eu me sentia muito menos destinado, menos envolvido e menos ligado — a Charlotte, quero dizer. "Oh, não chore antes de conseguir sair da floresta", era o comentário da mãe dela; "ele me deixava em paz, por vezes, seis meses a fio. Tornará a aparecer quando menos o esperar… conhece bem o seu próprio jogo." Para a sra. Marden, aquelas foram semanas de felicidade, e ela teve o bom senso de não falar de mim à jovem. Era bondosa a ponto de assegurar-me que eu estava tomando a orientação certa, que dava a impressão de estar seguro, e que as mulheres, ao fim e ao cabo, se rendiam a isso. Conhecia casos em que tal acontecera malgrado o homem ter se feito de tolo ao assumir aparência de segurança — de tolo, sob qualquer ponto de vista. Quanto a ela própria, achava muito bom aquele período, talvez o melhor que tivera, um ameno verão para a alma. Não se sentia tão bem assim havia anos, e a mim é que tinha de agradecer por isso. Seu sentimento de aflição se abrandara consideravelmente — não se angustiava toda vez que olhava em derredor. Charlotte me contradizia com frequência, mas a si própria ainda mais. Aquele inverno junto ao velho mar de Sussex foi um prodígio de brandura, e com frequência sentávamos juntos ao sol. Eu ficava a passear de lá para cá com a minha jovem parceira, e a sra. Marden, às vezes sentada num banco, outras numa cadeira de rodas com capota, ficava à nossa espera e nos sorria quando passávamos por ela. Eu estava sempre à espreita de um sinal em seu rosto — "Ele está consigo, ele está consigo" (ela o veria antes de mim) —, mas nada acontecia; a temporada nos trouxera também uma espécie de brandura espiritual. Em fins de abril o clima assemelhava-se tanto ao de junho que, encontrando minhas duas amigas certa noite num evento social de Brighton — um recital de música de amadores —, sem maior resistência arrastei a mais jovem até o balcão para o qual se abria a janela de um dos aposentos. A noite estava densa, nublada, e abaixo de nós, no rochedo, ouvíamos o ronco surdo da maré. Ficamos a ouvi-lo durante algum tempo e eis que nos chegou da casa, misturando-se a ele, o som de um violino acompanhado de piano — uma execução que havia sido o nosso pretexto para escapar.

"Gosta de mim um pouquinho mais?", perguntei ao fim de um instante. "Poderia me ouvir novamente?"

Eu mal começara a falar quando ela me pôs repentinamente a mão sobre o braço, com certa força. "Psiu!... não há alguém ali?" Tinha os olhos voltados para o escuro na extremidade do balcão. Este corria ao longo de toda a fachada da casa, uma fachada bem vasta nas melhores das velhas casas de Brighton. Éramos em certa medida iluminados pela janela aberta às nossas costas, mas as outras janelas, de cortinas cerradas, deixavam a escuridão imperturbada, pelo que só a custo pude discernir o vulto de um cavalheiro ali de pé, a olhar-nos. Estava em traje de cerimônia — vi o vago brilho de sua camisa branca e o oval pálido de seu rosto —, e poderia perfeitamente ser um convidado que tivesse saído antes de nós para tomar ar. Charlotte assim o considerou a princípio — então evidentemente, embora por uns poucos segundos, viu que a intensidade do seu olhar era incomum. Não consegui saber o que mais vira; estava demasiadamente preocupado com minha própria impressão para poder sentir mais do que o pronto contato da inquietação dela. Minha própria impressão era em verdade a mais intensa das sensações, uma sensação de horror; pois o que podia tal coisa significar senão que finalmente a jovem *via*? Ouvi-a soltar um súbito, arfante "Ah!" e entrar apressadamente na casa. Foi só mais tarde que soube ter sentido eu próprio uma nova emoção — meu horror convertendo-se em ira e a ira num avanço ao longo do balcão acompanhado de um gesto reprovador. O caso simplificou-se na visão de uma moça adorável ameaçada e aterrorizada. Avancei para defender-lhe a segurança, mas nada encontrei ali a defrontar-me. Ou tudo fora um engano ou sir Edmund Orme se tinha desvanecido.

Segui-a imediatamente, mas havia sintomas de confusão na sala de recepção quando passei por ali. Uma senhora desmaiara, a música fora interrompida; cadeiras tinham sido arrastadas e as pessoas se apinhavam mais à frente. A mulher desmaiada não era Charlotte, como eu receava, mas a sra. Marden, que se sentira subitamente mal e fora levada embora do salão. Lembro-me do alívio com que eu soube disso, pois ver Charlotte aflita teria sido angustioso, e a condição de sua mãe propiciava um escoadouro para a sua agitação. Tratava-se evidentemente de uma questão afeta à gente da casa e às senhoras, pelo que não me cabia atender às minhas amigas nem acompanhá-las até a sua carruagem. A sra. Marden voltou a si, insistiu em ir para casa, e eu me retirei desassossegado.

Na manhã seguinte fui em busca de notícias e soube que ela melhorara, mas quando perguntei se Charlotte poderia receber-me, a resposta foi uma desculpa. Nada me restava fazer o dia todo senão deambular de coração aflito. No fim da tarde, todavia, recebi um recado a lápis, entregue em mãos: "Venha, por favor; mamãe quer vê-lo". Cinco minutos depois eu estava outra vez à porta da casa e fui levado para a sala de visitas. A sra. Marden estava deitada num sofá e assim que a olhei vi a sombra da morte em seu rosto. Mas a primeira coisa que ela me disse foi que se sentia melhor, muito melhor: o seu pobre, velho e agitado coração tornara a portar-se mal, mas agora estava passavelmente aquietado. Esticou-me a mão e eu me inclinei, fitando-lhe os olhos, e assim pude ler o que ela não dizia — "Estou na verdade muito doente, mas finja aceitar o que digo exatamente como o digo". Charlotte permanecia de pé ao seu lado, com uma expressão não de medo, mas intensamente grave; não me devolveu o olhar. "Ela me contou... ela me contou!", acrescentou sua mãe.

"Ela lhe contou?" Eu olhava de uma para a outra, a perguntar-me se minha amiga queria dizer que Charlotte mencionara a inexplicada aparição no balcão.

"Que o senhor voltou a lhe falar... que é uma pessoa admiravelmente fiel."

Senti um arrepio de júbilo a essas palavras; mostravam-me, primeiro que tudo, aquela lembrança, e também que a filha dela quisera dizer-lhe o que pudesse acalmá-la, não o que a pudesse alarmar. No entanto, eu próprio estava seguro, tão seguro quanto se a sra. Marden me houvesse contado, de que esta sabia, e soubera de imediato, o que a filha tinha visto. "Falei sim... falei, mas ela não me deu nenhuma resposta", retruquei.

"Ela lhe vai dar agora, não vai, Chartie? Eu quero isso tanto, tanto!", murmurou nossa companheira com inefável melancolia.

"O senhor é muito bondoso comigo", Charlotte me disse, com voz doce e séria, mas de olhos voltados para o tapete. Havia nela um quê de diferente, diferente de todo o passado. Ela reconhecera algo, tinha sentido alguma coerção. Pude ver que tremia incontrolavelmente.

"Ah, se me deixasse mostrar-lhe *quão* bondoso eu posso ser!", exclamei estendendo-lhe as mãos. Quando pronunciei tais palavras veio-me a percepção de que algo acontecera. Um vulto se havia materializado do outro lado do sofá, e o vulto se inclinou sobre a sra. Marden. Todo o meu ser rezava mudamente para que Charlotte não o visse e para que eu próprio não desse nada a perceber. O impulso de olhar para a sra. Marden era ainda mais irresistível que o de olhar para sir Edmund Orme; todavia, pude resistir até a isso, e a sra. Marden estava completamente imóvel. Charlotte se ergueu para me dar a mão, e aí — a esse gesto definido — ela pavorosamente viu. Seu olhar de consternação foi acompanhado de um grito, e outro som, o queixume de uma alma perdida, chegou-me no mesmo instante aos ouvidos. Mas eu já me atirara à criatura a quem amava, para protegê-la, para esconder-lhe o rosto, e ela própria, com igual paixão, se lançara em meus braços. Mantive-a por um momento — apertando-a contra mim, a ela inteiramente entregue, sentindo-lhe cada soluço como meu próprio, sem distinguir de quem fosse; então, de súbito, friamente, tive certeza de que estávamos sozinhos. Ela se soltou de mim. A figura junto do sofá tinha desaparecido, mas a sra. Marden continuava deitada de olhos cerrados, com algo, em sua imobilidade, que nos infundiu novo terror. Charlotte o exprimiu no grito de "Mamãe, mamãe!" com que caiu de joelhos. Ajoelhei-me a seu lado — a sra. Marden acabava de falecer.

O som que eu ouvira quando Chartie gritou — quero dizer, o outro e ainda mais trágico som —, seria o grito de desespero do passamento da pobre senhora, ou o soluço articulado (semelhava o soprar de uma grande tormenta) de um espírito exorcizado e pacificado? Possivelmente isso, pois foi misericordiosamente o último de sir Edmund.

A COISA REALMENTE CERTA

I

Mal três meses se haviam passado da morte de Ashton Doyne e George Withermore foi procurado a propósito de um — como se costuma dizer — "volume"; a comunicação veio-lhe diretamente de seus editores, que, mais que dele, haviam sido editores de Doyne; todavia, não o surpreendeu saber, por ocasião de uma entrevista que em seguida sugeriram, terem eles sofrido uma certa pressão da viúva de seu falecido cliente no sentido de publicarem proximamente uma Vida dele. Pelo que Withermore sabia, as relações de Doyne com a esposa se haviam constituído num capítulo muito especial — capítulo que se inculcaria, aliás, como bastante delicado para o biógrafo; entretanto, de parte da pobre mulher, o sentimento do que ela perdera, e mesmo do que lhe faltara, manifestara-se desde seus primeiros dias de desolada viuvez, o bastante para inclinar o observador minimamente a par do caso a alguma atitude de reparação, algum perfilhamento inclusive exagerado dos interesses de um nome ilustre. George Withermore sentia-se a par, embora não tivesse esperado ouvir que ela o mencionara como a pessoa em cujas mãos deixaria de pronto o material para o livro.

Esse material — diários, cartas, apontamentos, notas, documentos de variada espécie — pertencia à esposa por herança e estava inteiramente a seu cargo, sem nenhuma condição restritiva a qualquer parte dele, pelo que ela era livre de fazer o que bem entendesse — inclusive não fazer coisa alguma. O que Doyne teria providenciado, caso houvesse tido tempo para tanto, não passava agora de suposição e palpite. A morte o surpreendera demasiado súbita e prematuramente; era sobremodo de lamentar que os únicos desejos que ele sabidamente exprimira fossem desejos que deixavam isso inteiramente fora de questão. Ele se interrompera de repente — assim é que fora: um fim irregular, carente de arrumação. Withermore tinha consciência, profusa consciência, do quão perto estivera dele, mas não esquecia tampouco sua própria e relativa obscuridade. Não passava de um jovem crítico e jornalista, um sujeito imprevidente que, como se costuma dizer, pouco tinha para mostrar. Seus escritos eram raros e breves, suas relações escassas e vagas. Doyne, por sua vez, vivera o bastante — sobretudo tivera talento bastante — para alcançar eminência, e entre seus numerosos amigos de igual eminência havia alguns a quem sua esposa muito mais provavelmente recorreria, no entender dos que a conheciam.

Em todo caso, a preferência por ela manifestada — e manifestada de modo indireto, cortês, que deixava a ele certo grau de liberdade — fez o nosso jovem sentir que devia ir pelo menos visitá-la, e que haveria, de qualquer modo, muito para discutir. Escreveu-lhe em seguida, ela marcou prontamente uma hora, e ficou tudo decidido. Mas Withermore saiu do encontro com a ideia que dela já fazia muitíssimo reforçada. Era uma mulher estranha e jamais a tivera por pessoa agradável; havia, porém, agora algo em sua estouvada, alvoroçada impaciência que o tocava de perto. Ela queria que o livro fosse uma compensação, e a pessoa que, do círculo de conhecidos do seu marido, provavelmente acreditava poder manipular com maior facilidade deveria empenhar-se de toda maneira em prol dessa compensação. Ela jamais levara Doyne muito a sério em vida, mas a biografia haveria de ser uma resposta cabal e fundamentada a todas as acusações contra ela; ela que, embora tivesse pouquíssima noção de como livros assim eram feitos, andara a inquirir e aprendera alguma coisa. Withermore ficou um tanto alarmado, a princípio, diante da preocupação dela com quantidade. Ela falava em "volumes" — mas ele tinha uma ideia própria a respeito.

"Meu pensamento voltou-se imediatamente para o *senhor*, como o dele também se teria voltado", disse ela assim que se ergueu à sua frente, com os pesados atavios de luto — os grandes olhos negros, a grande peruca negra, o grande leque e as luvas negras a lhe marcarem a presença sombria, feia, trágica, mas impressionante e, como se poderia até dizer, de certo ponto de vista, "elegante". "O senhor é aquele de quem ele mais gostava; oh, *muito*!" — e isso fora mais que o bastante para virar a cabeça de Withermore. Pouco importava que pudesse ter-se ulteriormente perguntado se ela chegara mesmo a conhecer Doyne na verdade. Por si, Withermore teria antes dito que, na realidade, o testemunho dela nesse particular mal contava. Contudo, onde há fumaça há fogo; ela sabia ao menos o que queria dizer, e ele não era pessoa a quem lhe interessasse bajular. Juntos foram os dois, sem mais tardar, até o gabinete vazio do grande homem, nos fundos da casa, que dava para um vasto relvado — belo e inspirador cenário, no entender do pobre Withermore —, comum à gente abastada.

"O senhor pode perfeitamente trabalhar aqui, sabe", disse a sra. Doyne; "terá a sala só para si — deixo-a toda ao seu dispor; de modo que particularmente na parte da noite, entende?, terá perfeito silêncio e privacidade."

Perfeito de fato, pensou o rapaz olhando à volta — após haver explicado que, como o seu emprego atual era num vespertino e ainda por bom tempo teria as horas da manhã tomadas, viria sempre à noite. A sala estava impregnada do seu falecido amigo; tudo quanto havia nela lhe pertencera; tudo quanto tinham tocado fizera parte da vida dele. De momento, era demais para Withermore — honra em demasia e até mesmo preocupação em demasia; lembranças ainda recentes lhe voltavam à mente, e, enquanto o coração lhe batia mais depressa e lágrimas lhe afloravam aos olhos, a pressão da sua lealdade parecia-lhe quase mais do que poderia suportar. À vista das lágrimas dele, as da sra. Doyne também afloraram, e os dois ficaram a olhar-se por um minuto. Ele como que esperava ouvi-la exclamar: "Oh, ajude-me a me sentir como sabe que eu quero me sentir!". E ao fim de instantes um deles disse, com a total aquiescência do outro — não importava qual: "É aqui que estamos *junto* dele". Mas foi indubitavelmente o rapaz que disse, antes de deixarem a sala, que era ali que ele estava junto *deles*.

O jovem começou a vir assim que pôde arranjar as coisas, e foi então de pronto, na encantada quietude, entre o abajur e a lareira, com as cortinas descidas, que certa consciência mais intensa insinuou-se nele. Vindo de um escuro novembro londrino, ele entrou na grande casa silenciosa, atravessou-a e subiu a escada acarpetada de vermelho, onde só encontrou, pelo caminho, o rápido e silencioso passar de uma criada de traquejo, e a proximidade, por um vão de porta, das régias roupas de luto e da aprovadora face trágica da sra. Doyne; e então, com um leve empurrão na porta bem ajustada, que produzia um rápido e agradável estalido ao fechar, encerrou-se durante três ou quatro cálidas horas com o espírito — conforme sempre declarara expressamente — do seu mestre. Não ficou nem um pouco assustado quando, mesmo na primeira noite, ocorreu-lhe que, em toda a questão, fora de fato profundamente afetado pela perspectiva, pelo privilégio e pelo deleite de uma tal sensação. Não considerara claramente, e só agora pensava nisso, a questão do livro — no tocante à qual já havia ali muito a considerar: simplesmente deixara que seu afeto e admiração — para nada dizer de seu satisfeito orgulho — o levassem a aceitar, sem mais aquela, a tentação com que a sra. Doyne lhe acenara.

Poderia agora começar a perguntar-se: como sabia, sem mais detida reflexão, que o livro era, de um modo geral, desejável? Que garantia jamais recebera, do próprio Ashton Doyne, em favor de uma abordagem tão direta, e tão familiar, por assim dizer? A arte da biografia era uma grande arte, mas havia vidas e vidas, havia assuntos e assuntos. Recordava-se confusamente, a esse respeito, de palavras outrora ocasionalmente ditas por Doyne de compilações contemporâneas, sugestões acerca de seus próprios critérios no tocante a outros heróis e outros panoramas. Lembrava-se inclusive de como seu amigo parecia, às vezes, estar sustentando a tese de que a carreira "literária" devia contentar-se — salvo no caso de um Johnson e de um Scott, com a ajuda de um Boswell e um Lockhart — em ser representada como tal. O artista era o que *fazia* — e nada mais. No entanto, por outro lado, como poderia *ele*, George Withermore, um pobre-diabo, não ter aceitado pressurosamente a possibilidade de passar o inverno em tão rica intimidade? Tratava-se de um mero deslumbramento — isso sim. Não fora por causa dos "termos" dos editores — embora, como lhe disseram no escritório da firma, fossem termos bastante bons; fora o próprio

Doyne, a sua companhia, o seu contato, a sua presença — fora o que estava acontecendo, a possibilidade de um intercâmbio mais íntimo que o da vida. Estranho que, das duas, tivesse a morte menos mistérios e segredos! Na primeira noite em que o nosso jovem ficou sozinho no gabinete pareceu-lhe que seu mestre e ele estavam realmente juntos pela primeira vez.

2

Na maioria das vezes, a sra. Doyne o havia deixado significativamente sozinho, mas viera vê-lo em duas ou três ocasiões a fim de verificar se suas necessidades tinham sido atendidas, e foi-lhe dada então a oportunidade de agradecer a ela o discernimento e zelo com que lhe aplainara o caminho. Em certa medida, ela própria cuidara de examinar o material e conseguira já reunir diversos grupos de cartas; ademais, pusera-lhe nas mãos, desde o começo, todas as chaves das gavetas e armários, de par com úteis informações quanto ao paradeiro aparente de diferentes assuntos. Pusera-o, em suma, na mais plena posse possível de tudo, e, tivesse o marido confiado ou não nela, estava claro que ela pelo menos confiava no amigo do marido. Surgiu, porém, no espírito de Withermore a impressão de que, a despeito de todas essas atenções, ela não estava ainda em paz consigo mesma, e que certa insaciável ansiedade continuava a acompanhar-lhe de perto a confiança. Embora ela se mostrasse cheia de consideração, estava ao mesmo tempo perceptivelmente *ali*; com um sexto sentido hipersutil que o contato com ela trouxera à tona, Withermore a sentia rondando, pelas horas silenciosas, no topo da escada e do lado de lá das portas; deduzia, pelo roçar quase inaudível de suas saias, o sinal de suas espreitas e esperas. Certa noite em que, à mesa de trabalho do amigo, mergulhara na leitura de correspondência, teve um sobressalto e voltou-se, na suspeita de alguém estar-lhe às costas. A sra. Doyne entrara sem que ele ouvisse a porta abrir, e deu-lhe um sorriso contrafeito quando ele se ergueu de repelão. "Espero não tê-lo assustado", disse.

"Só um pouco… eu estava tão absorto. Foi como se, por um instante, tivesse sido ele próprio", explicou o rapaz.

O ar de estranheza no rosto dela aumentou-lhe o espanto. "Ashton?"

"Ele parece tão próximo."

"Ao senhor também?"

Isso naturalmente o surpreendeu. "Então a senhora o sente?"

Ela hesitou, sem se mover do lugar onde parara, mas olhando ao redor da sala como se a esquadrinhar-lhe os cantos mais obscuros. Tinha por hábito erguer até a altura do nariz o grande leque negro que aparentemente nunca abandonava e com o qual escondia assim a parte inferior do rosto, o que tornava seus olhos duros mais ambíguos. "Às vezes."

"Sim", prosseguiu Withermore, "é como se ele estivesse prestes a entrar a qualquer momento. Foi por isso que tive um sobressalto. Faz tão pouco tempo que ele costumava de fato... foi ainda *ontem*. Eu me sento na cadeira dele, folheio os seus livros, uso suas canetas, avivo o fogo de sua lareira, exatamente como se, sabendo que dentro em pouco ele estará de volta de um passeio, eu tivesse vindo, contente, esperá-lo aqui. É encantador... mas estranho."

Com o leque ainda erguido, a sra. Doyne ouvia com interesse. "Isso aborrece o senhor?"

"Não... eu até gosto."

Ela tornou a hesitar. "O senhor o sente como se ele estivesse... hum... bem... hum... em pessoa na sala?"

"Bem, como acabei de dizer", disse o outro rindo, "ao ouvi-la atrás de mim, pensei que fosse ele. O que mais podemos querer, afinal de contas", perguntou, "senão que estivesse conosco?"

"Sim, como o senhor disse que estaria... naquela primeira vez." Ela o fitou com uma expressão de plena concordância. "Ele *está* conosco."

Seu tom de voz era muito solene, mas Withermore o recebeu com um sorriso. "Então devemos mantê-lo aqui. Devemos fazer só aquilo que ele gostaria que fizéssemos."

"Oh, só isso, claro... só isso. Mas se ele *estiver* aqui...?" E os sombrios olhos dela, vagamente apreensivos, pareciam insinuar algo por sobre o leque.

"Para mostrar que está satisfeito e que só quer ajudar? Sim, certamente; deve ser para isso."

Ela deu um breve suspiro e tornou a olhar ao redor da sala. "Bem", disse ao despedir-se, "lembre-se de que eu também só quero ajudar." Quando ela se foi, ele percebeu, com suficiente clareza, que viera simplesmente ver se ele estava bem.

Estava bem, sim, e cada vez mais, ocorreu-lhe depois; quando começou a avançar no trabalho, sentia mais e mais próxima, parecia-lhe, a ideia da presença pessoal de Doyne. Já que tal fantasia começara a assediá-lo, recebeu-a de bom grado, persuadiu-se dela, encorajou-a, acarinhou-a bastante, na expectativa de, a cada dia, senti-la renovar-se de noite; aguardava-a de modo muito parecido àquele com que um casal de namorados aguarda a hora do encontro. Os mínimos incidentes concorriam para confirmar a fantasia, e ao cabo de três ou quatro semanas passara a considerá-la como a consagração de seu empreendimento. Não fora isso que decidira a questão do que teria pensado Doyne acerca do que estavam fazendo? Estavam fazendo aquilo que ele queria que fosse feito, e podiam seguir adiante, passo a passo, sem escrúpulos nem dúvidas. Withermore realmente se rejubilava de, em certos momentos, sentir tal certeza: havia ocasiões em que mergulhava fundo em alguns dos segredos de Doyne, e era então particularmente agradável poder estar convicto de que Doyne desejava, por assim dizer, que ele os conhecesse. Estava descobrindo muitas coisas de que não suspeitava, abrindo muitas cortinas, forçando muitas portas, decifrando muitos enigmas, esquadrinhando no geral, como se costuma dizer, o outro lado de quase tudo. Foi por ocasião de uma eventual e brusca virada no curso de uma dessas incursões mais sombrias ao "outro lado" que ele de fato se sentiu de maneira mais profunda, íntima, palpável, frente a frente com seu amigo; mal poderia ter dito, naquele instante, se o encontro deles ocorrera no estreito e apertado caminho do passado, ou no momento e lugar em que realmente se achava. Ocorrera em 1867 ou agora, do outro lado da mesa?

Felizmente, fosse como fosse, mesmo à luz mais vulgar que pudesse lançar a publicidade, havia o fato momentoso de como Doyne vinha "saindo a público". Saía-se esplendidamente — melhor do que mesmo um adepto como Withermore jamais teria suposto. Todavia, por outro lado, como haveria esse adepto de descrever a outrem o peculiar estado de sua própria consciência? Não era coisa de que se pudesse falar — era coisa que só se podia sentir. Havia momentos em que, ao debruçar-se sobre seus papéis, sentia no cabelo o leve respiro de seu falecido anfitrião, tão real quanto os cotovelos sobre a mesa. Havia momentos em que, se pudesse erguer o olhar, o outro lado da mesa lhe teria mostrado seu companheiro, tão vividamente quanto a luz do abajur lhe mostrava as páginas à frente. Que, numa tal conjuntura, ele não pudesse erguer o olhar era assunto seu, pois a situação se regia — muito naturalmente — por profundas delicadezas e finos acanhamentos, pelo receio de um movimento demasiado súbito ou demasiado rude. O que estava intensamente no ar era que, se Doyne ali se achava, não havia de ser tanto por si próprio quanto pelo jovem celebrante do seu altar. Sua invisível presença adejava e demorava-se, ia e vinha, quase poderia ser tida, entre os livros e os documentos, como um silente, discreto bibliotecário cumprindo as tarefas específicas, prestando a quieta ajuda apreciada pelos homens de letras.

O próprio Withermore, entrementes, ia de um para outro lado, mudava de lugar, errava em buscas ora definidas ora vagas; e mais de uma vez, quando, ao retirar um livro da estante e ao encontrar nele sinais do lápis de Doyne, era atraído por eles e esquecia-se de si, ouvia um leve ruído de documentos sendo folheados e mudados de lugar na mesa às suas costas, e encontrava literalmente, ao voltar para ela, alguma carta extraviada de novo à vista, alguma obscuridade esclarecida ao abrir um velho jornal na precisa data que desejava. Como teria podido ir ocasionalmente, entre cinquenta outros receptáculos, à caixa ou gaveta certa que o ajudaria, caso não tivesse o seu místico assistente, em previsão sutil, enviesado a tampa de uma ou puxado a outra um pouco para fora, de maneira a chamar-lhe a atenção? Isso para não falar dos lapsos e intervalos nos quais, se fosse *possível* de fato olhar, ver-se-ia alguém de pé diante da lareira, meio à parte e bastante ereto — alguém de mirada um pouco mais fixa que na vida real.

3

Que essa auspiciosa relação existira de fato e continuara por duas ou três semanas, provava-o suficientemente a circunstância de o nosso jovem ter tomado aflita consciência, certa noite, de que começava a perdê-la por alguma razão. O sinal disso foi uma repentina e surpresa sensação — quando do extravio de uma maravilhosa página inédita que, por mais que procurasse, continuava estúpida e irremediavelmente perdida — de que seu estado protegido estava, ao fim e ao cabo, exposto a alguma confusão e até a certo abatimento. Se, para o bem da empresa, Doyne e ele tinham estado juntos no começo, alguns dias depois da sua nova suspeita sofrera a situação uma estranha mudança e deixara de ser como antes. É isso, disse consigo, a partir do momento em que uma impressão de massa e quantidade tão só tomou o lugar da outrora ditosa visão do material, da fagueira suposição de que avançaria por ele afora num curso claro e a passo rápido. Pelejou cinco noites a fio; finalmente, já não mais sentado à sua mesa e sim vagando de lá para cá pelo aposento, anotando referências para em seguida as pôr de lado, olhando pela janela, avivando o fogo, remoendo estranhos pensamentos, atento a sinais e sons não porque os imaginasse ou deles suspeitasse, mas porque os desejava e invocava em vão, convenceu-se de que, ao menos por enquanto, tinha sido desamparado.

Deixar de sentir a presença de Doyne não só o entristeceu como, coisa extraordinária, inquietou-o em alto grau. De certo modo, era mais estranho ele já não estar ali do que jamais fora *ter estado* — tão estranho, na verdade, que os nervos de Withermore acabaram por ser muito inconsequentemente afetados. Tinham aceitado com bastante benevolência o que era impossível explicar, reservando perversamente seu pior estado para o retorno à normalidade, para a revogação do falso. Estavam a tal ponto descontrolados os nervos de Withermore que certa noite, após resistir por uma hora ou duas, ele finalmente abandonou o gabinete. Pela primeira vez, tornara-se-lhe impossível permanecer ali. Sem nenhum propósito determinado em mente, mas meio arquejante, como um homem claramente assustado, percorreu o corredor costumeiro e atingiu o topo da escadaria. Dali avistou a sra. Doyne lá embaixo, de olhos voltados para ele, como se soubesse que iria aparecer; e o mais esquisito de tudo era que, embora cônscio de nada ter para alegar-lhe, embora incitado a fugir tão só como meio de aliviar-se, prontamente reconheceu, no fato de a ver ali, parte de alguma monstruosa opressão que se ia fechando sobre ambos. Era espantoso como, naquele moderno vestíbulo londrino, entre os felpudos tapetes de Tottenham Court Road e a luz elétrica, chegava até ele, vinda da alta senhora de preto, e a ela retornando em seguida, a percepção de saber o que pretendia ao olhá-lo como se ele já soubesse de tudo. Withermore desceu a escada sem mais demora, ela entrou na sua salinha de estar do andar térreo, e ali em seguida, a portas fechadas, ambos se viram, imóveis, calados e com uma expressão singular no rosto, diante de confissões que haviam adquirido inopinada vida por força daqueles dois ou três movimentos. Withermore arfou quando lhe ocorreu o porquê de ter perdido o amigo. "Ele tem estado com a *senhora*?"

A essas palavras, tudo veio à tona — a ponto de nenhum deles ter de explicar-se e de, quando repentinamente transitou entre os dois a pergunta "O que acha que aconteceu?", ela parecer ter sido feita tanto por um quanto pelo outro. Withermore correu os olhos pela salinha iluminada em que, noite após noite, ela estivera a viver sua vida tal como ele estivera a viver a dele lá em cima. Era um lugar gracioso, róseo, acolhedor; mas ali ela havia sentido, por sua vez, o que ele sentira, e ouvido o que ele ouvira. O efeito que a sra. Doyne causava na salinha — um negror fantástico, emplumado e extravagante, a contrastar com o rosa intenso — era o de uma colorida gravura "decadente", de algum cartaz da escola mais moderna. "A senhora percebeu que ele me deixou?", perguntou-lhe Withermore.

Ela visivelmente queria tornar tudo claro. "Esta noite… sim. Dei-me conta disso."

"A senhora sabia… antes… que ele estava comigo?"

Ela tornou a hesitar. "Eu sentia que ele não estava *comigo*. Mas na escada…"

"Sim?"

"Bem... ele passou por mim, mais de uma vez. Estava na casa. E à porta do seu gabinete..."

"E então?", insistiu ele, quando ela titubeou novamente.

"Se eu parasse, poderia algumas vezes dizer. E pela expressão do seu rosto", acrescentou, "sei, hoje à noite pelo menos, como o senhor está se sentindo."

"E foi por isso que veio até o pé da escada?"

"Achei que o senhor viria procurar-me."

A essas palavras, ele lhe estendeu a mão e durante um instante ficaram de mãos dadas, em silêncio. Não havia para nenhum deles, agora, qualquer presença estranha — mais estranha que a de um para o outro. Mas o local tinha de súbito se tornado como que consagrado, e Withermore voltou a ali extravasar sua inquietude. "Que *é* então que está acontecendo?"

"Tudo o que eu quero é fazer a coisa realmente certa", replicou ela ao cabo de um instante.

"E não a estamos fazendo?"

"É o que me pergunto. E o *senhor*?"

Ele se perguntava também. "Tanto quanto sei, acho que sim. Mas temos de pensar."

"Sim, temos de pensar", repetiu ela.

E ficaram a pensar juntos — intensamente, naquela noite, e continuaram a pensar, por conta própria — Withermore pelo menos podia responder por si — nos muitos dias que se seguiram. Ele suspendeu provisoriamente as suas visitas e o seu trabalho, tentando, em meditação, surpreender-se no ato de ter cometido algum erro que pudesse justificar a perturbação deles. Em alguma questão de importância, teria por acaso seguido, ou parecido seguir, uma direção ou um ponto de vista errôneos? Teria por ignorância falseado algum ponto ou insistido nele indevidamente? Voltou por fim à casa com a ideia de ter percebido duas ou três questões que ele poderia estar em vias de embaralhar; após o que passou, lá em cima, por outro período de agitação, seguido de novo encontro, lá embaixo, com a sra. Doyne, a qual estava ainda perturbada e corada.

"Ele está lá?"

"Está."

"Eu sabia!", retrucou ela com um estranho esgar de triunfo. E acrescentou, como a esclarecer o que dissera: "Ele não voltou a estar *comigo*".

"Nem comigo, para me ajudar", disse Withermore.

Ela perguntou, pensativa: "Ele não quer ajudá-lo?".

"Não consigo entender, estou perplexo. Faça o que fizer, tenho a sensação de estar sempre errando."

Ela o envolveu por um instante no seu pomposo pesar. "De onde lhe vem essa sensação?"

"Bem, de coisas que acontecem. As coisas mais estranhas. Não consigo descrevê-las… e a senhora não acreditaria."

"Oh, eu acreditaria sim!", murmurou a sra. Doyne.

"Ele interfere", tentou explicar Withermore. "Onde quer que me meta, lá o encontro."

Ela ouvia atentamente. "Encontra... a ele?"

"Sim. Parece erguer-se diante de mim."

A sra. Doyne ficou a olhá-lo. "Quer dizer que o vê?"

"Sinto-me como se pudesse, a qualquer momento. Estou frustrado. Refreado." E acrescentou: "Tenho medo".

"*Dele?*", perguntou a sra. Doyne.

Ele retrucou, pensativo: "Bem... daquilo que estou fazendo".

"Ora, o que está *fazendo* de tão horrível?"

"O que a senhora me propôs. Esmiuçando a vida dele."

Ela demonstrou, em sua gravidade, uma nova inquietação. "E você não *gosta* disso?"

"Será que *ele* gosta? Eis a questão. Nós o despimos. Nós o servimos numa bandeja. Como se chama isso? Nós o entregamos ao mundo."

A pobre sra. Doyne, como se ameaçada em sua implacável reparação, considerou a questão por um momento, com um ar mais sombrio. "E por que não deveríamos fazê-lo?"

"Porque não sabemos. Há naturezas, há vidas que se retraem. Ele pode não o querer", retrucou Withermore. "Nós nunca lhe perguntamos."

"E como *poderíamos*?"

Ele ficou em silêncio por um instante. "Estamos perguntando-lhe agora. É isso, afinal de contas, o que o nosso começo representa. Propusemos a questão a ele."

"Nesse caso... como ele tem estado conosco... tivemos a sua resposta."

Withermore retrucou como quem enfim sabia no que acreditar. "Ele não tem estado *conosco*... tem estado contra nós."

"Então por que o senhor achou..."

"O que *achei* a princípio... que ele queria demonstrar-nos a sua simpatia? Isso foi porque, na minha ingenuidade de então, eu me equivocava. Eu estava... não sei como dizer... tão entusiasmado, tão encantado, que não compreendia. Agora finalmente compreendo. Ele só desejava comunicar-se. Forceja por emergir da sua escuridão, chegar até nós lá do seu mistério; com obscuros sinais, tenta manifestar-nos o seu horror."

"Horror?", balbuciou a sra. Doyne com o leque sobre a boca.

"Do que estamos fazendo." A essa altura já podia juntar todas as peças. "Vejo agora que no começo..."

"O quê, o quê?"

"Eu devia simplesmente perceber que ele se achava ali, que não estava indiferente. E a beleza disso me desviou do caminho certo. De ele estar ali em sinal de protesto."

"Contra a *minha* Vida?", perguntou a sra. Doyne num gemido.

"Contra *qualquer* Vida. Ele está lá para *salvar* a sua Vida. Para ser deixado em paz."

"Com que então o senhor desiste?", ela quase gritou.

Ele mal podia olhá-la. "Está lá como um aviso."

Ficaram a olhar intensamente um para o outro durante algum tempo. "O senhor *tem* medo!", exclamou ela por fim.

O reparo o tocou, mas ele insistiu. "Ele está lá como uma maldição!"

Com isso despediram-se, mas só por dois ou três dias; a última palavra que ela lhe dissera continuava a ressoar-lhe nos ouvidos; ele sentia que não podia ainda decidir-se entre a necessidade de satisfazer de fato a sra. Doyne e outra necessidade que devia agora ser levada em conta. Finalmente voltou à casa dela na hora costumeira e a encontrou no lugar costumeiro. "Sim, *tenho* medo", anunciou, como se tivesse estado a considerar bem a expressão e soubesse agora tudo quanto significava. "E deduzo que a senhora não tem."

Ela titubeou, retardando a resposta. "Do que é que tem medo?"

"Bem, de que, se eu for adiante, *irei* vê-lo."

"E então…?"

"Oh, então", disse George Withermore, "eu *iria* desistir!"

Ela ponderou a resposta com o seu ar altaneiro mas severo. "Eu acho, sabe, que deveríamos ter um sinal claro."

"Quer que eu tente outra vez?"

Ela hesitou. "Compreende o que significa… para mim… desistir."

"Ah, mas *a senhora* não precisa", disse Withermore.

Ela pareceu considerar a questão, mas continuou após um instante. "Significaria que ele não iria tirar de mim..." Mas calou-se, em desespero de causa.

"O quê?"

"Tudo", disse a pobre sra. Doyne.

Ele a fitou por mais uns instantes. "Pensei melhor a respeito do sinal claro. Vou tentar de novo."

Quando ele ia saindo, ela se lembrou, contudo. "Receio apenas que esta noite nada esteja preparado... nem luz nem fogo."

"Não faz mal", respondeu ele do pé da escada. "Encontrarei o que preciso."

Ela disse-lhe então do umbral que, de qualquer modo, a porta do gabinete estaria aberta; e tornou a entrar, como se fosse ficar à espera dele. Não teve de esperar muito, embora, com a porta da salinha aberta e a atenção ali fixada, sua noção de tempo talvez não fosse igual à de seu visitante. Ao fim de um intervalo, ouviu-o descer a escada e viu-o assomar à porta: ainda que não tivesse manifestado, no ruído dos seus passos, indícios de precipitação, mas antes de relutância e incerteza, ele estava lívido e atônito.

"Eu desisto."

"Quer dizer que o viu?"

"Na soleira da porta… guardando-a."

"Guardando-a?" O rosto sobre o leque estava afogueado. "Viu-o distintamente?"

"Imenso. Mas indistinto. Escuro. Assustador", disse o pobre George Withermore.

Ela continuou a olhá-lo com espanto. "O senhor não entrou no gabinete?"

O rapaz desviou o rosto. "Ele o proíbe!"

"O senhor quer dizer que *eu* não preciso", continuou ela, após um intervalo de silêncio. "Preciso?"

"Vê-lo?", perguntou George Withermore.

Ela esperou um instante. "Não; desistir."

"Isso a senhora é quem tem de resolver." Quanto a ele, pôde finalmente deixar-se cair sobre o sofá com o rosto curvado entre as mãos. Não saberia dizer, mais tarde, quanto tempo ficara sentado nessa postura; bastava-lhe saber que em seguida vira-se sozinho entre os objetos favoritos dela. Assim que se pôs de pé, contudo, com essa sensação e mais a da porta aberta para o vestíbulo, viu-se de novo, dentro da luz e lepidez do róseo espaço, na vasta, negra, perfumada presença da sra. Doyne. Percebeu num relance, quando ela o fitou, por sobre a máscara do leque, com olhos imensos, mais desolados do que nunca, que ela havia estado lá em cima; e foi assim que pela última vez enfrentaram ambos a sua estranha questão. "A senhora o viu?", perguntou Withermore.

Ele iria inferir depois, pela maneira insólita com que ela fechou os olhos, e, como se para firmar-se, os manteve fechados por um longo intervalo de silêncio, que, ao lado da indizível visão da esposa de Ashton Doyne, a dele próprio poderia ser considerada como uma fuga. Já antes de ela falar, Withermore sabia que tudo estava terminado. "Eu desisto."

Os amigos dos amigos

Descubro, como você previu, muita coisa interessante, mas de pouca ajuda no tocante à delicada questão — a possibilidade de publicar. Os diários dela são menos sistemáticos do que eu esperava: ela cultivava apenas o bendito hábito de anotar e de narrar. Resumia, guardava; em verdade, parece quase nunca ter deixado uma boa história passar sem agarrá-la pela asa. Refiro-me evidentemente menos a coisas que ouvia do que a coisas que via e sentia. Às vezes escreve a seu próprio respeito, às vezes sobre outrem, e às vezes sobre uma combinação de ambos. É neste último caso que se mostra usualmente mais vivaz. Mas não é quando se mostra mais vivaz, compreenda, que ela se torna mais publicável. A bem da verdade, é terrivelmente indiscreta, ou pelo menos tem tudo quanto precisa para que *eu* o seja. Veja, por exemplo, o fragmento que ora lhe envio após dividi-lo, para a sua comodidade, em diversos capítulos breves. Forma o conteúdo de um fino caderno não pautado que copiei inteiro e que tem o mérito de ser uma coisa quase completa, um conjunto compreensível. Tais páginas são evidentemente de anos atrás. Li com o mais vivo espanto o que tão pormenorizadamente relatam e fiz o melhor que pude para engolir o prodígio que deixam inferir. Coisas assim seriam de surpreender qualquer leitor, pois não?; pode você imaginar, contudo, um momento que seja, eu apresentando ao mundo um documento desses, muito embora, como se ela própria desejasse que o mundo dele se beneficiasse, não tenha designado seus amigos nem pelo nome nem pelas iniciais? Você tem alguma pista quanto à identidade deles? Passo, pois, a palavra a ela.

I

Sei muito bem que eu mesma sou responsável por tudo ter recaído sobre mim, mas isso em nada melhora as coisas. Fui a primeira a falar dela a ele — a ele que nunca lhe ouvira o nome mencionado. Mesmo que acontecesse eu não ter falado, outros o teriam feito: tentei mais tarde consolar-me com essa reflexão. Mas o consolo das reflexões é tênue: o único consolo que conta na vida é o de não ter sido tolo. Essa é uma beatitude que sem dúvida jamais desfrutarei. "Por que tinha você de conhecê-la e discutir o assunto?", foi o que eu imediatamente disse. "Cada ovelha com sua parelha." Contei a ele quem ela era e disse também que os dois eram ovelhas do mesmo rebanho; isso porque, se ele tinha tido na juventude uma estranha aventura, ela tivera outra mais ou menos na mesma época.

Os amigos dela bem sabiam disso — do incidente que constantemente lhe pediam para descrever. Ela era sedutora, sagaz, bonita, infeliz; todavia, a esse incidente ficara originariamente devendo sua reputação.

Quando contava dezoito anos, estando algures no estrangeiro em companhia de uma tia, ela tivera uma visão de seu pai no momento da morte. O pai estava na Inglaterra, a centenas de milhas de distância e, tanto quanto ela sabia, nem agonizante nem morto. Foi durante o dia, no museu de alguma grande cidade estrangeira. Ela entrara, à frente dos seus companheiros, numa pequena sala que continha uma famosa obra de arte e que estava ocupada naquele momento por duas outras pessoas. Uma delas era um velho zelador; a segunda, antes de ela o ter observado, parecia um estrangeiro, um turista. Reparou apenas que ele estava sem chapéu e sentado num banco. No instante em que os olhos dela se demoraram nele, contudo, viu o próprio pai que, como se estivesse esperando havia muito por ela, olhou-a com singular aflição e com uma impaciência próxima da censura. Ela correu ao seu encontro com um grito perplexo: "Papai, o que *há*?", mas a isso seguiu-se uma demonstração de emoção mais vívida quando, ao avanço dela, ele simplesmente se desvaneceu, deixando o zelador e os parentes dela, que a essa altura se haviam aproximado, reunir-se em volta da consternada e aterrorizada jovem. Essas pessoas, o funcionário, a tia, os primos, eram de certo modo testemunhas do fato — pelo menos do fato da impressão nela causada; e havia ainda o depoimento de um médico que estava atendendo alguém do grupo e que foi imediatamente notificado da ocorrência. Ele deu a ela um remédio para crises de histeria, mas disse reservadamente à tia: "Espere e veja se não acontece alguma coisa em casa". Alguma coisa *tinha* acontecido — vítima de um repentino e violento ataque, o pobre do pai morrera naquela mesma manhã. Antes que o dia terminasse, a tia, irmã da mãe, recebeu um telegrama comunicando o acontecido e pedindo que preparasse o espírito da sobrinha para ele. A sobrinha já estava preparada, e a lembrança daquela aparição ficou-lhe gravada indelevelmente. Todos nós, seus amigos, soubemos e, horripilados, comentamos a história entre nós. Doze anos tinham se passado; na condição de mulher que fizera um casamento infeliz e vivia separada do marido, ela se tornou interessante por outros motivos; todavia, como o sobrenome que ela agora ostentava era muito comum, e como sua separação judicial, pelo andar das coisas, dificilmente poderia ser tida como uma distinção, costumavam referir-se a ela como "aquela, sabe, que viu o fantasma do pai".

Quanto a ele, o caro homem, tinha visto o fantasma da mãe — vejam só! Eu só ouvi falar disso na ocasião em que uma pessoa muito conhecida e muito íntima de nós o levou, devido a algum torneio apropositado do assunto de nossa conversa, a mencioná-lo, o que me animou a fazer o mesmo, num impulso de dar-lhe a conhecer que tinha uma rival no mesmo campo — uma pessoa com quem poderia comparar notas. Mais tarde, a história dele também se tornou, talvez por eu a ter indevidamente repetido, um cômodo rótulo mundano para designá-lo; ainda não o era, porém, quando eu lhe fora apresentada no ano anterior. Ele tinha outros méritos, assim como ela, a coitada, também os tinha. Posso francamente dizer que eu estava bem cônscia dos méritos dele desde o começo — que os descobri antes de ele haver descoberto os meus. Lembro-me de como me impressionou, na ocasião, que sua percepção dos meus méritos tivesse sido estimulada pelo fato de eu haver sido capaz de rivalizar, embora não exatamente por experiência própria, com a sua curiosa anedota. Como a dela, remontava essa anedota a uns doze anos atrás — um ano em que, por alguma razão de ordem pessoal, ele prolongava sua estada no "Long" de Oxford. Certa tarde de agosto, foi até o rio. Ao voltar para o seu quarto ainda dia claro, ali encontrou a mãe de pé, como se estivesse de olhos fitos na porta. Naquela mesma manhã, recebera uma carta dela vinda do País de Gales, onde ela então se encontrava na companhia do pai. Ao ver o filho, deu-lhe um sorriso radiante e lhe estendeu os braços, mas quando ele foi ao seu encontro e lhe estendeu alegremente os dele, ela se desvaneceu no ar. Ele lhe escreveu naquela noite, contando o que tinha acontecido; a carta fora cuidadosamente preservada. Na manhã seguinte, soube da morte dela. Pela casualidade de nossa conversa, ele ficou grandemente impressionado com o pequeno portento que lhe pude apresentar. Nunca havia encontrado outro caso igual. Precisavam certamente encontrar-se, minha amiga e ele; haveriam de ter algo em comum. Eu poderia arranjar um encontro, não poderia? — se *ela* não fizesse objeção: quanto a ele, não fazia absolutamente nenhuma. Eu prometera falar com ela tão logo fosse possível, e consegui falar-lhe naquela mesma semana. Tinha tão pouca "objeção" quanto ele; estava perfeitamente de acordo em encontrar-se. Todavia, não iria haver nenhum encontro — pelo menos no sentido em que se entende habitualmente a palavra.

2

Esta é só metade da minha história — a singular maneira como ela foi obstada. Isso por culpa de uma série de acidentes; mas, por persistirem anos a fio, esses acidentes acabaram tornando-se, para mim e para outras pessoas, uma fonte de hilaridade com ambos os envolvidos. Foram muito divertidos no princípio, depois tornaram-se uma maçada. O mais esquisito é que os dois envolvidos se mostravam acessíveis: não se tratava de um caso de indiferença nem muito menos de má vontade. Era um desses caprichos da sorte, secundado, imagino eu, por alguma oposição bastante marcada de seus interesses e hábitos. Os dele centravam-se no seu trabalho, nas suas constantes fiscalizações, que lhe deixavam pouco tempo livre, forçando-o a viajar frequentemente e obrigando-o a romper compromissos. Ele apreciava o convívio social, mas o encontrava em toda parte e o desfrutava de passagem. Eu nunca sabia onde ele estava num dado momento, e houve ocasiões em que não o vi meses a fio. Quanto a ela, era praticamente suburbana: vivia em Richmond e nunca "saía". Mulher distinta, mas não da moda, ressentia-se, como se costuma dizer, da sua situação. Resolutamente altiva e até mesmo caprichosa, vivia sua vida tal como a tinha planejado. Havia coisas que se podia fazer em companhia dela, desde que não fosse levá-la a uma reunião social. Ia-se em verdade um pouco mais do que parecia conveniente às reuniões dela, que consistiam em sua prima, em uma xícara de chá e na vista. O chá era bom, mas a vista era comum, embora talvez não tão ofensivamente quanto a prima — uma velha solteirona desagradável que participara do grupo do museu e em cuja companhia ela agora vivia. Essa ligação com uma parente de condição inferior, que se devia em parte a um motivo econômico — ela dizia ser a sua companheira uma administradora maravilhosa —, constituía-se num dos pequenos caprichos que tínhamos de perdoar-lhe. Outro era a estimativa das inconveniências criadas pela sua ruptura com o marido. Uma estimativa exagerada — muitas pessoas a tinham inclusive por mórbida. Ela não fazia tentativas de aproximação; cultivava escrúpulos; suspeitava, ou talvez eu devesse antes dizer lembrava, de desatenções: era uma das poucas mulheres que conheci a quem aquela situação delicada tornava recatada em vez de atrevida. Tinha delicadezas, a boa criatura! Especialmente estritos eram os limites que punha a possíveis atenções de homens: julgava que o marido estava sempre à espreita para cair sobre ela. Desencorajava, quando não proibia, as visitas de pessoas do sexo masculino que não fossem senis: dizia que todo cuidado era pouco.

Quando lhe contei pela primeira vez ter um amigo a quem o destino distinguira da mesma estranha maneira que a ela, deixei-a com toda a liberdade para dizer: "Oh, traga-o para conhecer-me!". Eu teria provavelmente conseguido trazê-lo, e uma situação perfeitamente inocente, ou de qualquer modo comparativamente simples, seria criada. Mas ela não disse isso; limitou-se a falar: "Tenho certamente de conhecê-lo; sim, vou procurá-lo!". Isso causou a primeira delonga, e entrementes diversas coisas sobrevieram. Uma era que, com o seu encanto, ela fazia mais e mais amigos com o correr do tempo, e ocorreu repetidas vezes serem esses amigos também suficientemente amigos dele para trazer-lhe o nome à baila nas conversas. Era curioso, não pertencendo os dois ao mesmo mundo, por assim dizer, ou, segundo a horrenda expressão, ao mesmo círculo, que acontecesse de o meu frustrado par encontrar as mesmas pessoas e fazê-las juntar-se ao surpreendente coro. Ela possuía amigos que não se conheciam entre si mas que inevitável e pontualmente *o* encareciam. Havia nela também a espécie de originalidade, de interesse intrínseco, que levava cada um de nós a guardá-la como uma riqueza privativa, a cultivá-la ciumentamente, mais ou menos em segredo, como uma pessoa a quem não se encontrava na sociedade, que não era para ser abordada por qualquer um — por gente vulgar —, e cuja convivência era particularmente difícil e particularmente preciosa. Nós a víamos em separado, com encontros marcados em circunstâncias específicas, e achávamos que contribuía para a harmonia geral entre nós não contá-los uns aos outros. Alguém tinha sempre recebido dela um bilhete mais recente que o recebido por outrem. Havia mulheres tolas que por longo tempo ficaram devendo a três simples visitas a Richmond sua reputação, entre os não privilegiados, de serem íntimas de "muita gente terrivelmente sagaz e fora do comum".

Todos tiveram amigos que parecera uma boa ideia aproximar, e todos recordam-se de que suas boas ideias não foram as mais bem-sucedidas; eu duvido, porém, que tenha havido jamais uma outra situação em que o malogro estivesse em proporção tão direta com a quantidade de influência posta em jogo. Talvez fosse realmente o caso em que a quantidade de influência era o mais digno de nota. Minha dama e meu cavalheiro propiciavam ambos, a mim e a outros, assunto muito adequado para uma farsa exuberante. A razão dada em primeiro lugar sumiu com o correr do tempo e cinquenta outras melhores floresceram em seu lugar. Eram ambos incrivelmente parecidos entre si: tinham as mesmas ideias, ardis e gostos; os mesmos preconceitos, superstições e heresias; diziam as mesmas coisas e por vezes as faziam; gostavam e desgostavam das mesmas pessoas e lugares, dos mesmos livros, autores e estilos; havia pontos de semelhança até em sua aparência e feições. O fato de serem, na linguagem corrente, igualmente "agradáveis" e bonitos favorecia as conveniências. Mas a grande semelhança, que suscitava admiração e tagarelice, estava na estranha e caprichosa recusa de ambos em serem fotografados. Eram as únicas pessoas de quem jamais se ouvira falar que não tinham fotografias "tiradas" porque faziam cerrada objeção a isso. Simplesmente não *queriam* — não, por nada neste mundo. Eu me queixara em altas vozes, a ele em especial; eu que em vão desejava poder mostrar-lhe a foto sobre o consolo da chaminé de minha sala de visitas. De qualquer modo, era a mais categórica de todas as razões de deverem conhecer-se — de todas as categóricas razões reduzidas a nada pela estranha lei que os fizera bater tantas portas um na cara do outro; que os fizera baldes do mesmo poço, as duas pontas de uma gangorra, os dois partidos do Estado: quando um estava em cima o outro estava embaixo, quando um estava dentro o outro estava fora; em hipótese alguma um entrava numa casa antes de o outro tê-la deixado ou a deixava inopinadamente quando o outro vinha chegando. Só chegavam quando não eram mais esperados, e aí precisamente é que se iam. Eram, em suma, alternados e incompatíveis; desencontravam-se com uma inveteração que só se podia explicar como previamente combinada. Mas estava tão longe de o ser que terminou — literalmente após vários anos — por desapontá-los e aborrecê-los. Não acredito que a curiosidade deles fosse intensa antes de ter se demonstrado totalmente vã. Claro que se fez muito para ajudá-los, mas isso resultou simplesmente em pôr-lhes no caminho obstáculos onde tropeçassem. Para dar exemplos, eu deveria ter tomado notas; lembro-me contudo de que nenhum deles pudera jamais jantar na ocasião certa. Para cada um, a ocasião certa era aquela que fosse imprópria para o outro. Na que fosse imprópria ambos se mostravam pontualíssimos, e para eles só havia impróprias. Até os elementos conspiravam e a constituição humana os reforçava. Um resfriado, uma dor de cabeça, uma aflição, uma tempestade, um nevoeiro, um tremor de terra, um cataclismo infalivelmente intervinham. A coisa toda ia além do gracejo.

No entanto, tinha de ser levada em tom de gracejo, ainda que não se pudesse evitar a sensação de que esse tom tornara séria a situação, produzira em cada um uma percepção, um embaraço, um convicto temor do último de todos os acidentes, o único a que restara algum frescor, o acidente que os *iria* juntar.

O efeito final dos seus predecessores fora o de avivar esse instinto. Estavam bastante envergonhados — talvez com um pouco de vergonha até um do outro. Tanta preparação e tanta frustração: o que podia de fato ser tão bom a ponto que tudo levasse a ele? Um simples encontro seria mera chatice. Será que eu os via, perguntavam-me amiúde, apenas estupidamente confrontados, ao cabo de anos? Se os gracejos os aborreciam, muito mais aborrecidos ficariam por algo mais. Faziam exatamente as mesmas reflexões, e de alguma maneira cada um estava certo de ouvir as do outro. Acho realmente que foi essa hesitação peculiar que por fim controlou a situação. Quero dizer que se malograram no primeiro ou no segundo ano porque não o puderam evitar, mantiveram o hábito porque tinham ficado — como direi? — nervosos. Realmente foi preciso alguma vontade oculta para dar conta de algo tão absurdo.

3

Quando, para coroar nossa longa amizade, aceitei o reiterado pedido de casamento que ele me fez, sei que se disse jocosamente ter eu imposto como condição ele presentear-me com uma fotografia sua. Era tão verdade que, sem isso, eu me recusara a dar-lhe a minha. Fosse como fosse, finalmente o tive, em alta eminência, no consolo da chaminé, onde, no dia em que veio ver-me para me cumprimentar, ela chegou o mais perto a que jamais então chegara de vê-lo face a face. Ao ter sido fotografado, ele lhe deu um exemplo que a convidei a imitar; ele sacrificara seu capricho — será que ela não sacrificaria o dela? Devia também dar-me algo no meu noivado — não quereria me dar o seu retrato para fazer par com o dele? Ela riu e sacudiu a cabeça; fazia gestos com a cabeça cujo impulso parecia provir de tão longe quanto a brisa que balança uma flor. A parelha do retrato de meu futuro marido era o retrato de sua futura esposa. Sua posição era firmada — ela não podia abrir mão dela nem tampouco explicá-la. Tratava-se de um preconceito, um *entêtement*, um voto — iria viver e morrer sem ter sido fotografada. Agora estava sozinha nisso, o que lhe agradava; tornava-a muito mais original. Rejubilava-se com a queda do seu antigo aliado e contemplou-lhe demoradamente o retrato, sobre o qual não fez nenhuma observação digna de nota, embora chegasse a virá-lo para examinar-lhe a parte posterior. No tocante ao nosso noivado, mostrou-se encantadora — cheia de cordialidade e simpatia. "Você o conhece há mais tempo do que eu *não* o conheço", disse ela, "e isso parece muito." Compreendia que tínhamos tido juntos nossos altos e baixos e que era inevitável descansarmos agora juntos. Sou taxativa quanto a tudo isso porque o que se seguiu é tão estranho que me dá um certo alívio precisar o ponto até o qual nossas relações eram naturais como sempre haviam sido. Fui eu própria que, num súbito acesso de loucura, as alterei e destruí. Vejo agora que ela não me deu nenhum pretexto e que só achei um na maneira como contemplou o belo rosto na moldura de Bond Street. Como haveria eu então de querer que o olhasse? O que eu queria a princípio era fazê-la se importar com ele. Bem, era ainda o que queria — até o momento de ela prometer ajudar-me dessa vez a romper de fato o tolo encantamento que os tinha mantido separados. Eu acertara com ele para que fizesse sua parte, caso ela fizesse, de modo tão triunfal, a dela. Eu estava agora em posição diferente — na de responder por ele. Empenhar-me-ia expressamente para que ele, às cinco do próximo domingo, estivesse no lugar combinado. Achava-se ausente da cidade, atendendo a um negócio urgente, mas voltaria especialmente para o encontro e com bastante antecedência. "Está segura disso?", lembro-me de ela ter perguntado com uma expressão grave e pensativa: achei que empalidecera. Estava cansada, indisposta: era uma pena que ele a fosse ver, ao fim e ao cabo, num momento tão negativo. Se ao menos *pudesse* tê-la visto cinco anos atrás! Repliquei, contudo, que dessa vez eu estava certa de que o sucesso do encontro dependia tão somente dela. Às cinco do domingo, ela o encontraria numa determinada cadeira, que apontei, aquela em que habitualmente se sentava e na qual — embora eu não mencionasse o pormenor — estivera sentado quando, uma semana antes, trouxe à baila a questão do nosso futuro de uma maneira que me persuadira. Ela ficou a olhar-me em silêncio, tal como olhara para a fotografia, enquanto eu repetia pela vigésima vez que era absurdo alguém não conseguir apresentar à melhor amiga o seu segundo eu. "*Sou* a sua melhor amiga?", perguntou ela com um sorriso que por um instante lhe trouxe de volta a beleza. Retruquei apertando-a contra mim, após o que ela disse: "Está bem, virei. Tenho muito, muito medo, mas pode contar comigo".

Quando ela se foi, perguntei-me de que tinha medo, pois falara como se de fato o sentisse. No dia seguinte, ao fim da tarde, recebi três linhas dela: encontrara, ao chegar em casa, o aviso do falecimento do marido. Há sete anos que ela não o via, mas queria que eu soubesse da notícia assim, antes de ouvi-la de outrem. Fazia, contudo, tão pouca diferença em sua vida, por estranho e triste que fosse dizer isso, que ela manteria escrupulosamente o compromisso assumido. Alegrei-me por ela — supunha eu que a morte do marido faria pelo menos a diferença de ela passar a ter mais dinheiro; mesmo nesta digressão, porém, pareceu-me vislumbrar uma razão para o medo que ela me dissera sentir e que eu não podia esquecer. Tal medo, à medida que a tarde avançava, tornava-se contagioso, e o contágio tomou, dentro do meu peito, a forma de um pânico repentino. Não se tratava de ciúme — mas apenas de receio do ciúme. Chamei-me de tola por não me ter mantido calada até sermos marido e mulher. Depois disso eu iria me sentir, de algum modo, segura. Era só uma questão de esperar mais um mês — uma ninharia decerto para pessoas que haviam esperado tanto tempo. Ficara patente que ela estava nervosa, e agora que se achava livre seu nervosismo não iria diminuir. Que era então o meu medo senão um agudo pressentimento? Ela havia sido, até ali, vítima da interferência, mas era bem possível que passasse a ser a fonte desta. A vítima, no caso, seria a minha pobre pessoa. O que fora a interferência senão o dedo da Providência apontando um perigo? Era eu evidentemente, pobre de *mim*, quem estava em perigo. Este havia sido mantido em xeque por uma série de acidentes de inaudita frequência; todavia, o reinado do acidente ia visivelmente terminar agora. Eu tinha a íntima convicção de que ambas as partes manteriam o encontro marcado. Mais e mais se gravava em mim a sensação de eles estarem aproximando-se, convergindo. Havíamos falado de romper o encantamento; bem, ele seria de fato rompido — a menos que fosse tomar outra forma e amiudar os encontros deles, como antes lhes amiudara as evasões. Isso era algo em que eu não podia deixar de pensar obsessivamente; manteve-me desperta — à meia-noite eu estava cheia de desassossego. Finalmente me dei conta de só haver um jeito de esconjurar o fantasma. Se o reinado do acidente terminara, cumpria-me cuidar da sucessão. Sentei-me e rabisquei um bilhete apressado que ele iria encontrar em seu regresso; como os criados já se tinham ido deitar, saí de cabeça descoberta para a rua deserta, varrida por lufadas de vento, e o fui deixar na caixa de correio mais próxima. O bilhete avisava-o de que eu não estaria em casa durante a tarde, conforme esperara, e que ele devia adiar sua visita até a hora do jantar. A implicação era de que me iria encontrar sozinha.

4

Quando, por conseguinte, ela se apresentou às cinco, senti-me naturalmente pérfida e mesquinha. Meu ato havia sido uma insensatez momentânea, mas eu tinha pelo menos de conviver com isso. Ela se demorou uma hora; ele evidentemente não apareceu; e eu não podia senão persistir na minha perfídia. Achara melhor fazer com que ela viesse; por estranho que isso agora me pareça, achava que diminuía minha culpa. Contudo, enquanto ela ficava ali sentada tão perceptivelmente pálida e abatida, afligida pela consciência de tudo quanto a morte do marido reabrira, tive um agudo assomo de piedade e de remorso. Se não lhe contei no mesmo instante o que eu havia feito foi porque estava por demais envergonhada. Simulei espanto — e o simulei até o fim; asseverei que se jamais eu tivera confiança fora naquele dia. Enrubesço de narrar a minha história — o que aceito como penitência. Não havia nada de indignado que eu não tivesse dito a respeito dele; inventei suposições, atenuantes; admiti com estupefação, enquanto os ponteiros do relógio avançavam, que a sorte deles não havia mudado. Ela sorriu a essa visão da "sorte" deles, mas parecia fora do seu normal; a única coisa que me sustentava era o fato de que, muito estranhamente, ela vestia luto — não grandes espessuras de crepe, mas preto simples e escrupuloso. Trazia no gorro três plumas negras, pequenas. Levava um pequeno regalo de astracã. Secundado por algumas reflexões sutis, isso aliviou um pouco o meu mal-estar. Ela me havia escrito que o inopinado acontecimento não lhe fizera qualquer diferença, mas pelo visto fizera, e grande. Se ela se inclinava para a observância das convenções usuais, por que não respeitara a de não sair para o chá no primeiro ou nos dois primeiros dias? Havia alguém a quem ela queria tanto ver que não pudera esperar até o marido estar sepultado. Tal demonstração de impaciência tornou-me dura e cruel o bastante para continuar com a minha impostura, embora com o passar do tempo eu viesse a suspeitar, nela, algo ainda mais profundo do que o desapontamento e menos bem dissimulado. Refiro-me a um estranho alívio subjacente, à branda e contida soltura da respiração que sobrevém quando o perigo já passou. O que aconteceu durante a vã espera que passou comigo foi ela ter por fim desistido dele. Deixou-o ir-se para sempre. Fez o mais gracioso chiste que jamais vi alguém fazer fosse do que fosse; que, apesar de tudo, aquela fora uma data importante em sua vida. Com a sua discreta hilaridade, falou de todas as outras baldadas ocasiões, do longo jogo de esconde-esconde, da inaudita esquisitice de uma tal relação. Pois *era*, ou tinha sido, não tinha?, uma relação. Essa, a sua parte absurda. Quando ela se ergueu para ir embora, eu lhe disse que era mais que nunca uma relação mas que eu não tinha coragem, depois do acontecido, de lhe propor no momento outra oportunidade. Estava claro que a única oportunidade válida seria a cerimônia do meu casamento. Ela iria comparecer, pois não? Era inclusive de esperar que *ele* comparecesse.

"Se *eu* for, ele não irá!" — eu me lembro do trilo agudo e da breve quebra do seu riso. Admito que podia ter havido alguma coisa ali. "Isso não nos ajudaria. Nada pode nos ajudar!", disse ao dar-me um beijo de despedida. "Nunca, nunca o verei!" Foi com essas palavras que ela me deixou.

Eu podia aguentar o desapontamento dela, como lhe chamei; mas quando, não muito depois, ele chegou para o jantar, descobri que não podia aguentar o dele. Não me ocorrera especialmente que minha manobra o pudesse ter afetado; todavia, resultou na primeira palavra de censura que eu jamais lhe ouvira. Digo "censura" porque essa expressão não chega a ser demasiado enfática para os termos com que ele me comunicou a sua surpresa de que, em circunstâncias assim extraordinárias, eu não tivesse achado nenhum meio de não privá-lo de uma tal ocasião. Eu poderia de fato ter dado jeito ou de não me comprometer a sair ou de fazer com que o encontro entre eles se realizasse da mesma maneira. Eles provavelmente estariam a gosto na minha sala de visitas mesmo estando eu ausente. A essas palavras, sucumbi inteiramente — confessei minha iniquidade e a sua mesquinha razão. Eu não me livrara dela nem tampouco saíra de casa; ela havia estado ali e, depois de esperar uma hora por ele, fora embora crente de que era toda dele a culpa de não ter comparecido.

"Ela deve pensar que eu sou um tremendo grosseirão!", exclamou ele. "Ela disse de mim", e lembro que nessa pausa prendeu perceptivelmente a respiração, "aquilo que tinha o direito de dizer?"

"Asseguro-lhe que ela não disse nada que mostrasse o mínimo ressentimento. Olhou para a sua fotografia, chegou até a virá-la do outro lado, onde está escrito o seu endereço. No entanto, isso não lhe provocou nenhum comentário. Ela não se importa tanto assim."

"Então por que você tem medo dela?"

"Não era dela que eu tinha medo, mas de você."

"Achava então que eu ia inevitavelmente me apaixonar por ela? Nunca mencionou antes essa possibilidade", continuou, enquanto eu permanecia em silêncio. "Embora você achasse que ela era uma pessoa maravilhosa, não foi sob esse ângulo que a mostrou a mim."

"Quer dizer que se eu a *tivesse* mostrado assim, você já teria dado um jeito de ter um vislumbre dela? Eu não temia nada àquela altura", acrescentei. "Não tinha a mesma razão que agora tenho."

Ele me beijou, e quando me lembrei de que ela havia feito isso uma ou duas horas antes, senti por um momento como se ele estivesse colhendo em meus lábios a pressão dos lábios dela. A despeito dos beijos, o incidente havia criado uma certa frieza, e sofri horrivelmente à ideia de ele saber-me culpada de uma fraude. Soubera-o somente através de minha franca confissão, mas eu estava infeliz como se tivesse uma nódoa a apagar. Não podia esquecer a maneira como me olhara quando falei da aparente indiferença dela pela sua ausência. Desde que o conhecia, era a primeira vez que ele parecia estar duvidando da minha palavra. Antes de nos despedirmos, disse-lhe que iria contar tudo a ela — logo de manhã partiria para Richmond e ali a faria saber que ele não tinha tido culpa alguma. A estas palavras, tornou a beijar-me. Eu iria expiar o meu pecado, prometi; humilhar-me até o pó; confessar e pedir perdão. E ele me beijou novamente.

5

Na manhã seguinte, no trem, ocorreu-me que ele fizera um bom negócio ao consentir naquilo; minha decisão, porém, era firme o bastante para levar-me adiante. Subi a longa colina de onde se divisava o panorama e bati à porta dela. Aturdiu-me um pouco encontrar os estores puxados; pensei comigo que, se na premência de minha compunção tinha chegado cedo demais, já dera sem dúvida às pessoas da casa tempo de se levantarem.

"Se ela está em casa, dona? Ela deixou esta casa para sempre."

Fiquei enormemente surpreendida com essa declaração da idosa criada. "Ela viajou?"

"Morreu, dona, desculpe." E acrescentou, enquanto eu ouvia boquiaberta a horrível palavra: "Morreu ontem à noite".

O alto grito que me escapou soou aos meus próprios ouvidos como uma desagradável violação do momento. Por um instante, senti-me como se a tivesse matado; tive um desfalecimento e vi, numa névoa, que a mulher me estendera os braços. Não me recordo de nada do que aconteceu em seguida, a não ser da pobre e tola prima de minha amiga, num aposento escurecido, ao fim de um intervalo que suponho ter sido muito breve, soluçando diante de mim de maneira contidamente acusadora. Não sei dizer quanto tempo levei para compreender, acreditar e então reprimir com imenso esforço aquele angustiado assomo de responsabilidade que, supersticiosa e insanamente, fora a princípio quase tudo de que tivera consciência. O médico, após o acontecido, tinha sido extremamente judicioso e lúcido: contentara-se em atribuir a morte a uma debilidade cardíaca de há muito latente, provavelmente causada anos antes pelas agitações e terrores a que o casamento a levara. Ela havia vivido, naqueles dias, cenas atrozes com o marido e chegara a temer pela sua própria vida. Qualquer emoção, qualquer coisa que pudesse suscitar ansiedade e incerteza tinha de ser terminantemente afastada; ela estava bem cônscia disso, tanto assim que cultivava com rigor uma vida tranquila; mas quem pode dizer que uma pessoa, especialmente uma "verdadeira dama", consegue proteger-se com êxito de *todos* os pequenos aborrecimentos? Ela tivera um desses dois ou três dias atrás, com a notícia da morte do marido — pois há choques de todo tipo, não apenas de desgosto e de surpresa. Quanto a isso, ela jamais havia sonhado com libertação tão próxima: parecera invulgar, como se ele fosse viver tanto quanto ela. Então, à tarde, na cidade, ela obviamente tivera algum contratempo: ali devia ter-lhe acontecido algo que era imperativo esclarecer. Ela voltara muito tarde para casa — passava das onze, e quando a prima, que estava extremamente preocupada, a recebeu no vestíbulo, ela confessou que estava exausta e precisava repousar um instante antes de subir a escada. Tinham as duas passado para a sala de jantar, onde a companheira lhe sugeriu um copo de vinho e abriu o aparador para servi-lo. Isso levou apenas um instante, e quando minha informante se voltou, nossa pobre amiga não tivera tempo sequer para sentar-se. De repente, com um gemido quase inaudível, caiu sobre o sofá. Estava morta. Que ignoto "pequeno aborrecimento" lhe desfechara o golpe? Que *abalo*, em nome dos céus, estava à sua espera na cidade? Mencionei imediatamente o motivo plausível de perturbação — ela não ter encontrado em minha casa, onde, convidada para isso, chegara às cinco horas, o cavalheiro com quem eu ia me casar, que um imprevisto impedira de comparecer e a quem ela nem conhecia. Era óbvio que isso contava pouco, mas algo mais poderia ter facilmente acontecido: um acidente é sempre mais do que possível nas ruas de Londres, especialmente num daqueles desatinados carros de aluguel. O que fizera ela, para onde fora ao deixar minha residência? Eu estava certa de que tinha voltado diretamente para casa. Nós duas então nos lembramos de que às vezes, para usar o toalete e fazer um lanche rápido, ela costumava passar uma ou duas horas num lugarzinho tranquilo, o Clube das Senhoras, e prometi que meu primeiro e sério cuidado seria obter informações daquele estabelecimento. Então entramos no sombrio e horrível aposento onde ela jazia encerrada na morte e onde, depois de ter pedido para ficar a sós com ela, permaneci durante meia hora. A morte a tornara e conservara bela; mas eu senti sobretudo, quando me ajoelhei ao lado da cama, que a tornara e conservara muda. Girara a chave sobre algo que eu estava interessada em saber.

Ao voltar de Richmond, e depois de cumprir um outro dever, fui até os aposentos dele. Era minha primeira visita, mas sempre desejara conhecê-los. Na escada, que, como a casa continha vinte conjuntos de aposentos, era irrestritamente pública, encontrei o criado dele, que voltou comigo e me abriu a porta. Ao ruído da minha entrada, ele apareceu no umbral de um aposento contíguo, e assim que ficamos a sós dei a minha notícia: "Ela morreu!".

"Morreu?" Ele estava tremendamente chocado, e notei que não precisara perguntar a quem, na minha brusquidão, eu me referia.

"Morreu ontem à noite… depois de deixar-me."

Ele me fitou com a mais estranha das expressões, os olhos a sondar os meus como se à procura de alguma armadilha. "Ontem à noite… depois de deixar você?" Repetiu minhas palavras com estupefação. Então exclamou, e foi estupefata que ouvi: "Impossível! Eu a vi".

"Você a *viu*?"

"Aí mesmo… nesse lugar onde você está agora."

Ao cabo de um instante, como se para ajudar-me, essas palavras me trouxeram à lembrança o aviso de sua juventude. "Na hora da morte… compreendo: como você viu tão belamente sua mãe."

"Ah, *não* como vi minha mãe… não desse jeito, não desse jeito!" Estava profundamente perturbado com as minhas notícias — visivelmente mais perturbado do que no dia anterior: deu-me a vívida sensação de que, como eu dissera comigo mesma, havia de fato uma relação entre os dois e de que ele efetivamente estivera face a face com ela. Uma tal ideia, ao lhe confirmar o extraordinário privilégio, ter-lhe-ia de súbito parecido dolorosamente anormal se ele não insistisse com veemência na diferença. "Vi-a viva. Vi-a e lhe falei. Vi-a como vejo você agora."

É singular que por um momento, embora só por um momento, eu encontrasse alívio no por assim dizer mais pessoal, mas também mais natural dos dois fatos. Em seguida, quando tive bem presente essa imagem de ela ter vindo a ele depois de deixar-me, vinda que dava conta de como empregara o seu tempo, perguntei com um pouco de aspereza, de que me apercebi: "Mas para que foi que ela veio?".

Ele tivera um minuto para pensar — para recobrar-se e ajuizar as implicações, pelo que, se foi ainda com olhos excitados que falou, teve consciência do seu rubor e fez uma tentativa infundada de apagar com um sorriso a gravidade de suas palavras. "Veio apenas visitar-me. Veio — depois do que tinha acontecido na sua casa — para que pudéssemos *finalmente* nos encontrar. O impulso me pareceu uma delicadeza, e foi assim que o considerei."

Olhei à volta do aposento onde ela havia estado — onde *ela* havia estado e eu nunca, até aquele momento. "E o modo como o considerou foi o modo como ela o exprimiu?"

"Ela só o exprimiu por estar aqui e possibilitar que eu a visse. Isso era o bastante!", exclamou ele com um riso singular.

Eu estava cada vez mais espantada. "Quer dizer que ela não falou com você?"

"Não disse coisa alguma. Só ficou a me olhar enquanto eu a olhava."

"E você, tampouco falou com ela?"

Deu-me de novo o seu sorriso doloroso. "Pensei em *você*. A situação era muito delicada. Usei do maior tato. Mas ela percebeu que tinha me agradado." Tornou a repetir o seu riso dissonante.

"É óbvio que ela lhe *agradou*!" Refleti por um instante e então perguntei: "Quanto tempo ela ficou?".

"Como posso dizer? Parece que uns vinte minutos, mas provavelmente foi bem menos."

"Vinte minutos de silêncio!" Principiei a ter um ponto de vista definido e então me apeguei a ele. "Sabe que está me dizendo uma coisa verdadeiramente monstruosa?"

Ele havia permanecido em pé, de costas voltadas para a lareira acesa; a estas palavras, com um olhar de súplica, veio até mim. "Rogo-lhe, minha querida, que seja indulgente."

Eu poderia ser indulgente, e dei-o a entender; mas, por alguma razão, não podia, quando ele desajeitadamente me abriu os braços, deixar que me puxasse para junto de si. Com o que se abriu entre nós, por apreciável intervalo, o desconforto de um longo silêncio.

6

Ele o rompeu finalmente dizendo: "Não há mesmo nenhuma dúvida quanto à sua morte?".

"Infelizmente não. Estive ajoelhada ainda há pouco ao lado do leito onde a depuseram."

Seus olhos estavam fixos no chão; depois ergueu-os para mim. "Qual a aparência dela?"

"Bem... de paz."

Tornou a voltar-se enquanto eu o fitava; todavia, ao cabo de um momento disse: "E a que horas foi então...?".

"Deve ter sido por volta da meia-noite. Caiu morta assim que chegou em casa... de uma afecção do coração de que ela própria tinha conhecimento e que seu médico também conhecia mas da qual, estoicamente, bravamente, jamais me disse nada."

Ele ouviu com atenção e por um minuto não conseguiu falar. Enfim exclamou, com uma entonação cuja confiança quase juvenil, cuja sublime simplicidade ainda me ressoa no ouvido enquanto escrevo: "Ela era *maravilhosa*, não era?". Mesmo naquela ocasião pude fazer-lhe justiça o suficiente para responder que eu sempre lhe tinha dito isso; entretanto, no minuto seguinte, como se depois de falar ele houvesse tido um vislumbre do que poderia ter me feito sentir, acrescentou de imediato: "Você há de compreender que se ela não chegou em casa antes da meia-noite...".

Eu peguei prontamente a deixa. "Havia muito tempo para que você a pudesse ter visto? Como assim", perguntei, "se você só deixou tarde a minha casa? Não me lembro da hora exata... estava preocupada. Mas você sabe que, embora dissesse ter muito que fazer, ficou algum tempo sentado depois do jantar. Ela, por sua vez, passou a tarde toda no Clube das Senhoras, acabei de vir de lá... verifiquei isso. Tomou chá e ali ficou por longo, longo tempo."

"O que fez lá durante todo esse longo tempo?"

Vi que estava ansioso por contestar, a cada passo, o meu relato do acontecido; e, quanto mais o demonstrava, mais eu me sentia impelida a reafirmar tal versão, a preferir com ostensiva obstinação uma explicação que só aprofundava o prodígio e o mistério mas que, dos dois prodígios a escolher, meu revigorado ciúme achava mais fácil aceitar. Com uma candura que agora me parece bela, ele ali ficou a argumentar em favor do privilégio de, a despeito do supremo malogro, ter conhecido a mulher viva; enquanto eu, com uma passionalidade que hoje me espanta, embora dela ainda restem algumas brasas em meio às cinzas, só podia replicar que, por via de um estranho dom por ela partilhado com a mãe dele, e também no caso possivelmente hereditário, o milagre da juventude dele se repetira, e o dela igualmente. Ela havia ido até ele — sim, e levada por um impulso tão maravilhoso quanto ele quisesse; oh, mas não estivera ali corporalmente! Tratava-se de simples questão de indícios. Asseverei que obtivera uma declaração explícita do que ela havia feito — a maior parte do tempo — no pequeno clube. O local estava quase vazio, mas as criadas a tinham notado. Ficara sentada imóvel numa poltrona junto à lareira do salão de recepção; deitara a cabeça para trás, fechara os olhos e ao que parecia adormecera suavemente.

"Compreendo. Mas até que horas?"

"Quanto a isso", fui forçada a responder, "as criadas não puderam me ajudar muito. A encarregada da portaria é infelizmente uma parva, embora seja também tida por senhora de sociedade. Naquele período da tarde, sem ter uma substituta e desobedecendo ao regulamento, ausentou-se comprovadamente durante algum tempo da portaria, de onde tem por obrigação controlar as entradas e saídas. Respondeu-me atabalhoadamente, não há dúvida de que tergiversava; por isso não posso precisar a hora com base na sua observação. Mas notou-se que por volta das dez e meia a nossa pobre amiga não estava mais no clube."

Isso era exatamente o que servia a ele. "Pois então veio direto para cá e daqui foi para a estação de trens."

"Não poderia ter sido assim tão estrita em matéria de horário", declarei. "Era coisa que jamais fazia."

"Nem havia necessidade disso, minha cara… dispunha de tempo mais do que bastante. Você teve um lapso de memória quanto a eu ter saído tarde da sua casa: na verdade, deixei-a invulgarmente cedo. Lamento que minha estada lhe haja parecido longa, pois eu estava aqui de volta às dez."

"Para calçar os chinelos", retruquei, "e adormecer na poltrona. Você dormiu até hoje de manhã... e a viu num sonho!" Ele me olhou em silêncio e com olhos sombrios — olhos que me revelavam haver nele alguma irritação contida. Continuei sem mais delongas: "Você teve, em hora fora do comum, a visita de uma senhora... *soit*: não há no mundo nada mais provável. Mas há senhoras e senhoras. Como, em nome dos céus, se ela não foi anunciada e permaneceu muda, e além disso você jamais tinha visto um retrato dela, qualquer que fosse... como pôde identificar a pessoa de que estamos falando?".

"Pois não ouvi, até dizer chega, ela me ser descrita? Posso descrevê-la a você pormenorizadamente."

"Não faça isso!", exclamei com uma prontidão que o fez rir novamente. Enrubesci, mas fui adiante: "Seu criado a anunciou?".

"Ele não estava aqui... está sempre fora quando se precisa dele. Uma das características desta casa é os seus diferentes andares serem acessíveis pela porta da rua sem praticamente nenhum impedimento. Meu criado anda namorando uma jovem empregada no apartamento de cima, e teve um longo encontro com ela na noite passada. Quando ele está ocupado nisso deixa a minha porta de entrada, na escada, só encostada, a fim de poder esgueirar-se para dentro sem fazer ruído. Basta empurrar a porta. Ela a empurrou... isso exige apenas um pouquinho de coragem."

"Um pouquinho? Exige toneladas! E toda espécie de cálculos impossíveis."

"Pois bem, ela os tinha... ela os fez. Veja, não nego sequer por um instante", acrescentou, "que foi uma coisa extraordinária, maravilhosa!"

Algo havia no seu tom de voz que por um instante tirou-me a confiança de falar. Por fim eu disse: "Como foi que ela soube onde você morava?".

"Recordando-se do endereço escrito no rotulozinho que o pessoal da loja felizmente deixou preso à moldura que mandei fazer para a minha fotografia."

"E como era que ela estava vestida?"

"De luto, minha querida. Não grandes profundezas de crepe, mas preto simples e escrupuloso. Trazia no gorro três pequenas plumas negras. Levava um pequeno regalo de astracã. Tinha perto do olho esquerdo", prosseguiu, "uma minúscula cicatriz vertical..."

Interrompi-o: "A marca de uma carícia do marido". E acrescentei: "Você deve ter ficado bem perto dela!". Ele não deu resposta, mas enrubesceu, e eu, ao notá-lo, pus fim à conversa: "Bem, adeus".

"Não quer ficar mais um pouco?" Tornou a aproximar-se de mim, ternamente, e dessa vez eu o aceitei. "A visita dela teve a sua beleza", murmurou enquanto me abraçava, "mas a da sua é maior."

Deixei-o beijar-me, mas lembrei, tal como havia lembrado na véspera, que o último beijo por ela dado, supunha eu, neste mundo fora nos lábios que ora ele tocava. "Eu sou vida, sabe", respondi. "O que você viu ontem à noite era morte."

"Era vida... era vida!"

Disse-o com branda teimosia, e eu me soltei dos seus braços. Ficamos a fitar-nos intensamente. "Você descreve a cena — na medida em que chega a descrevê-la — em termos que são incompreensíveis. Ela estava no aposento antes de você a perceber?"

"Ergui os olhos da carta que escrevia — naquela mesa debaixo da lâmpada, totalmente absorvido nisso — e vi-a diante de mim."

"E o que fez então?"

"Ergui-me de um pulo, soltando uma exclamação, e ela, com um sorriso, levou o dedo aos lábios num gesto mudo, mas de suave dignidade. Eu sabia que significava silêncio, mas o estranho era que o gesto parecia explicá-la e justificá-la de imediato. Fosse como fosse, ficamos ali face a face, por um tempo que, como lhe disse, não sei calcular. Exatamente como agora estamos, eu e você."

"Apenas olhando?"

Ele sacudiu a cabeça com impaciência. "Ah! *Nós* não estamos só olhando!"

"Sim, mas estamos falando."

"Bem, *nós* também estávamos… de uma certa maneira." Perdeu-se na recordação da cena. "Amigavelmente, assim." Ardia-me na ponta da língua a pergunta de se isso descrevia bem o que se passara, mas contentei-me em crer que o que tinham evidentemente feito fora olharem-se com mútua admiração. Então perguntei se ele a reconhecera de imediato. "Não bem assim", replicou ele, "porque eu decerto não a esperava; mas ocorreu-me muito antes de ela ir embora de quem se tratava… a única pessoa de quem podia tratar-se."

Refleti por um instante. "E como finalmente ela se foi?"

"Do mesmo modo como chegou. A porta estava aberta às suas costas e ela saiu."

"Depressa… devagar?"

"Bem depressa. Mas olhando para trás", acrescentou sorrindo. "Deixei-a ir, pois eu sabia perfeitamente que devia aceitar aquilo segundo o seu desejo."

Dei-me conta de ter deixado escapar um longo e vago suspiro. "Bem, você deve aceitar isto agora conforme o *meu* desejo… você tem de *me* deixar ir."

A estas palavras, ele tornou a achegar-se a mim, buscando deter-me e persuadir-me, declarando com o devido cavalheirismo que comigo a coisa era muito diferente. Eu daria o que fosse para ter sido capaz de perguntar-lhe se ele a tocara, mas as palavras se recusavam a tomar forma: eu sabia perfeitamente quão horríveis e vulgares soariam. Disse outra coisa qualquer — esqueci exatamente o quê; algo meio tortuoso cujo mesquinho propósito era induzi-lo a revelar o que eu queria saber. Mas ele não revelou; limitou-se a repetir, como num vislumbre da conveniência de tranquilizar-me e consolar-me, o conteúdo de sua asseveração de uns minutos antes — de que ela era de fato encantadora, como eu tinha tantas vezes dito, mas de que eu era a sua "verdadeira" amiga, sua para sempre. Isso me levou a reafirmar, no espírito de minha réplica anterior, que eu tinha pelo menos o mérito de estar viva, o que por sua vez suscitou-lhe o repente de contradição que eu receava. "Oh, *ela* estava viva! Estava, estava sim!"

"Estava morta, estava morta!", insisti com uma energia, uma determinação de que assim deveria *ser*, que me parece agora quase grotesca. Mas o som da palavra, quando a pronunciei, encheu-me de repentino terror, e toda a emoção natural que o seu significado poderia ter evocado em outras condições concentrou-se e irrompeu numa torrente. Que me arrastou e me fez ver a grande afeição que estava ali reprimida, o quanto eu a amara e o quanto havia confiado nela. Ao mesmo tempo, tive uma visão da solitária beleza do seu fim. "Ela se foi... nós a perdemos para sempre!", exclamei a soluçar.

"É exatamente o que sinto", disse ele, falando com extrema bondade e apertando-me contra si para confortar-me. "Ela se foi; nós a perdemos para sempre: e o que importa isso agora?"

Inclinou o rosto para mim, e quando sua face tocou a minha eu mal soube dizer se estava úmida das minhas ou das suas próprias lágrimas.

7

Era minha teoria, minha convicção, e tornou-se, se assim posso dizer, minha atitude, que eles nunca chegaram a se "encontrar"; e foi precisamente por causa disso que achei generoso pedir-lhe que ficasse a meu lado no enterro dela. Ele se conduziu discreta e ternamente, e eu dei por certo, embora ele próprio pouco se importasse com o perigo, que a solenidade da ocasião, a que compareceram pessoas que os haviam conhecido a ambos e sabiam do longo gracejo, bastaria para isentar-lhe a presença de qualquer associação mais leviana. Da questão do que tinha acontecido na noite da morte dela, mal falamos; eu me tomara de aversão pelo elemento indicial. Em ambas as hipóteses era grosseiro e inconcludente. Ele, de sua parte, carecia de corroboração apresentável — nada a não ser uma declaração do porteiro da casa, que ele próprio admitia ser pessoa descuidada e intermitente — de que entre as dez horas e a meia-noite nada menos de três senhoras de luto fechado tinham entrado e saído rapidamente do edifício. Isso se demonstrava excessivo; nenhum de nós tinha o que fazer das três. Ele sabia que eu achava haver dado plena conta de cada fragmento do tempo dela, e deixamos a questão de lado como assente; abstivemo-nos de continuar a discuti-la. O que *eu* sabia, entretanto, é que ele se abstinha mais para agradar-me do que por ceder às minhas razões. Não cedia — mostrava-se apenas indulgente; apegava-se à sua interpretação porque a preferia. Preferia-a, a meu ver, porque falava mais de perto à sua vaidade. Esse, numa posição semelhante, não teria sido o seu efeito sobre mim, embora eu tivesse sem dúvida tanta vaidade quanto ele; trata-se, porém, de questões de índole pessoal que ninguém pode decidir por outrem. Eu devia ter imaginado que seria mais satisfatório saber-se partícipe de um desses acontecimentos inexplicáveis que são narrados em livros emocionantes e discutidos em doutos congressos; não podia conceber, por parte de um ser recém-engolfado no infinito e ainda vibrante de emoção humana, nada mais sutil e puro, nada mais elevado e augusto do que tal impulso de reparação, de admonição ou até mesmo de curiosidade. *Aquilo* era belo, se se quiser assim chamar-lhe, e eu, se estivesse no lugar dele, me envaideceria de haver sido de tal modo distinguido e escolhido. Era público e notório que ele o havia sido, que de há muito era visto sob essa luz, e não constituía esse fato, por si só, quase uma prova? Cada uma das estranhas aparições contribuía para validar a outra. Ele pensava diferente; mas tinha também, apresso-me a dizer, um inegável desejo de não fincar pé na questão ou, como se costuma dizer, de não fazer espalhafato em torno dela. Eu podia acreditar no que me agradasse — tanto mais que a coisa toda era um mistério de minha criação. Era um acontecimento da minha história pessoal, um enigma da minha consciência, não da dele; por isso, ele teria de referir-se-lhe num tom que me parecesse conveniente. Fosse como fosse, nós dois tínhamos mais do que cuidar; estávamos atarefados com os preparativos de nosso matrimônio.

Os meus eram indubitavelmente urgentes, mas descobri com o passar dos dias que acreditar no que me "agradasse" equivalia a acreditar naquilo de que estava cada vez mais intimamente convicta. Descobri também que não me agradava tanto assim, ou que o prazer, de qualquer modo, estava longe de ser a causa da minha convicção. Minha obsessão, como posso de fato chamar-lhe e como comecei então a perceber, recusava-se a ser suplantada, como eu esperara, pela minha consciência de supremos deveres. Se eu tinha muito que fazer, tinha ainda mais no que pensar, e chegou o momento em que minhas ocupações foram gravemente ameaçadas pelos meus pensamentos. Vejo bem isso agora, sinto-o, vivo-o todo. É terrivelmente falto de alegria, transborda de amargura, na verdade; e, no entanto, tenho de ser justa comigo — eu não poderia ter sido diferente do que era. As mesmas estranhas impressões, caso voltasse a encontrá-las, produziriam a mesma funda angústia, as mesmas dúvidas acerbas, as mesmas e ainda mais acerbas certezas. Oh, é bem mais fácil lembrar do que escrever, mas pudesse eu refazer o curso do acontecido, hora por hora, pudesse eu encontrar palavras para exprimir o inexprimível, a fealdade e a dor me deteriam prontamente a mão. Seja-me consentido pois anotar de maneira bem simples e direta que uma semana antes do dia de nosso casamento, três semanas após a morte dela, eu sabia com todas as fibras do meu ser que tinha de enfrentar algo de muito sério e que para fazer tal esforço cumpria-me fazê-lo de imediato e antes que mais uma hora se passasse. Meu inextinguível ciúme — essa era a máscara de Medusa. Não tinha morrido com a morte dela, sobrevivera-lhe lividamente e era nutrido por suspeitas inexprimíveis. *Seriam* inexprimíveis hoje, isto é, caso eu não tivesse sentido a forte necessidade de exprimi-las na ocasião.

Essa necessidade se apossou de mim — para me salvar, por assim dizer, do meu destino. E, quando o fez, eu vi — na urgência do caso, nas horas em decréscimo e nos intervalos que se encurtavam — só uma saída, a da absoluta prontidão e franqueza. Eu não podia fazer a ele o mal de adiar para outro dia; podia pelo menos considerar minha dificuldade como sutil demais para um subterfúgio. Por isso, muito tranquilamente mas nem por isso de maneira menos abrupta e chocante, fiz-lhe ver certa noite que devíamos reconsiderar a nossa situação e reconhecer que ela se havia alterado completamente.

Ele fitou-me corajosamente. "Como! Em que se alterou?"

"Outra pessoa se intrometeu entre nós."

Demorou só um instante pensando. "Não vou fingir que não sei de quem está falando." Sorriu de pena da minha aberração, mas queria mostrar-se benévolo. "Uma mulher já morta e enterrada!"

"Está enterrada mas não está morta. A não ser para o mundo... a não ser para mim. Para você não está morta."

"Você volta a insistir nas diferentes explicações que demos ao seu aparecimento naquela noite?"

"Não", respondi, "não volto a insistir em coisa alguma. Não preciso. É mais do que bastante o que posso ver."

"Diga, por favor, querida, o que pode estar vendo?"

"Que você está totalmente mudado."

"Por causa daquele absurdo?", perguntou ele a rir.

"Não tanto por aquele como por outros absurdos que vieram depois."

"E quais podem eles ter sido?"

Havíamo-nos confrontado honestamente, com olhos que não se esquivavam; mas os dele tinham uma vaga luz estranha, e a minha certeza triunfou na perceptível palidez que lhe assomou ao rosto. "Você pretende realmente dizer", perguntei, "que não sabe quais são?"

"Minha querida", replicou, "você os descreve demasiado esquematicamente!"

Refleti por um instante. "Fica-se mesmo embaraçado de rematar o quadro! Mas desse ponto de vista — e começando do começo — o que pode ser mais embaraçoso do que a sua idiossincrasia?"

Ele apelou para a sua vagueza — coisa que sempre sabia fazer muito bem. "Minha idiossincrasia?"

"O seu notório, o seu peculiar poder."

Ele sacudiu os ombros ostensivamente, com impaciência e com um gemido de exagerado desdém. "Oh, o meu peculiar poder!"

"A sua acessibilidade a formas de vida", prossegui friamente, "o seu domínio de impressões, aparições, contatos, a que — para nosso ganho ou nossa perda — não tem acesso o restante de nós. Isso fazia originariamente parte do profundo interesse que você me inspirou — uma das razões por que me divertia; eu estava realmente orgulhosa de o ter conhecido. Era uma esplêndida distinção; ainda é uma esplêndida distinção. Mas eu não tinha então, evidentemente, uma antevisão da maneira como tal domínio iria agora atuar; e, mesmo se esse tivesse sido o caso, nenhuma antevisão da extraordinária maneira como sua ação me afetaria."

"Em nome dos céus", perguntou ele em tom de súplica, "a que você está fantasiosamente se referindo?" E enquanto eu permanecia em silêncio, preparando-me para o ataque, ele continuou: "Mas como é que ele atua? E como pode afetá-la?".

"Ela se desencontrou de você durante cinco anos", eu disse, "mas agora não mais. Você está recuperando o tempo perdido."

"Recuperando?" De pálido seu rosto passava a vermelho.

"Você a vê... você a vê: você a vê toda noite!" Ele deu uma sonora risada de escárnio, mas senti que lhe soava falsa. "Ela vem até você tal como veio naquela noite", declarei; "depois de ter tentado, descobriu que gostava disso!" Com a ajuda de Deus, consegui falar sem cega paixão ou vulgar violência; essas foram, porém, as palavras exatas — e não me pareciam nada "esquemáticas" — que pronunciei. Ele me dera as costas rindo e batendo palmas à minha insânia, mas em seguida voltou a fitar-me com uma mudança de expressão que me impressionou. "Atreve-se a negar", perguntei-lhe então, "que a vê regularmente?"

Ele optara pela tática da indulgência, de enfrentar-me a meio caminho, benevolamente zombeteiro. Fosse como fosse, e para meu espanto, respondeu-me de súbito: "Bem, querida, e daí?".

"É um direito natural seu: faz parte da sua constituição e da sua sina maravilhosa, se não de todo invejável. Mas você não terá dificuldade em compreender que isso nos separa um do outro. Eu o liberto incondicionalmente."

"Liberta-me?"

"Você tem de escolher entre mim e ela."

Ele me olhou fixamente. "Entendo." E afastou-se um pouco, como se remoendo o que eu dissera e pensando em como sair-se da melhor maneira. Por fim tornou a voltar-se para mim. "Céus, como sabe de uma coisa tão tremendamente privada?"

"Quer dizer, uma coisa que você tentou esconder com tanto afinco? É tremendamente privada, e pode estar certo de que nunca irei trair o seu segredo. Você fez o melhor que pôde, representou seu papel, comportou-se, pobre querido!, com admirável lealdade. Por isso observei-o em silêncio, desempenhando eu também o meu papel; notei cada mudança de inflexão em sua voz, cada ausência em seus olhos, cada esforço de suas mãos indiferentes: esperei até estar totalmente certa e desconsoladamente infeliz. Como *pode* esconder que está ignobilmente apaixonado por ela; que está mortalmente embriagado da alegria que ela lhe dá?" Atalhei o seu expedito protesto com um gesto ainda mais expedito. "Você a ama como *nunca* amou ninguém, e, paixão por paixão, ela lhe corresponde na mesma medida! Domina-o, possui você por inteiro! Uma mulher na minha situação adivinha, sente, vê; não é nenhuma tola que tem de ser *fidedignamente informada*. Você me procura mecanicamente, compungidamente, com os refugos da sua ternura e os restos da sua vida. Posso renunciar a você, mas não compartilhá-lo; o que você tem de melhor é dela, sei o que é, e de livre e espontânea vontade entrego-o a ela para sempre!"

Ele empreendeu uma luta galante, mas a coisa não tinha remédio; repetiu sua negativa, retratou-se do que admitira, ridicularizou minha acusação, cuja indefensável extravagância francamente reconheci, ademais. Não fingi sequer por um momento que estivéssemos falando de coisas comuns; tampouco fingi por um momento que ele e ela fossem gente comum. Diga-me, por favor, se eles o *tivessem* sido, como poderia eu ter jamais me importado? Haviam desfrutado uma rara extensão do ser e me haviam arrastado em seu voo; só que eu não conseguia respirar em tal atmosfera e logo pedi para ser devolvida ao chão. Tudo nos fatos era monstruoso e mais que tudo a minha lúcida percepção deles; a única coisa afim da natureza e da verdade era eu agir com base em tal percepção. Senti, depois de ter falado nesse sentido, que minha segurança era completa; nada lhe ficara faltando a não ser a comprovação do efeito que teria sobre ele. Em verdade, ele disfarçou o efeito numa nuvem de troça, diversão que lhe permitiu ganhar tempo e cobrir sua retirada. Desafiou minha sinceridade, minha sanidade, até quase minha humanidade, e isso só serviu evidentemente para alargar a brecha entre nós e confirmar nossa ruptura. Em suma, ele fez tudo para convencer-me ou de que eu estava equivocada ou de que ele estava infeliz: separamo-nos e eu o deixei entregue à sua inconcebível comunhão.

Ele nunca se casou, eu tampouco. Quando, seis anos mais tarde, em solidão e silêncio, eu soube da sua morte, saudei-a como uma contribuição direta à minha teoria. Foi repentina, jamais chegou a ser devidamente explicada, cercou-se de circunstâncias em que — oh, como eu as esmiucei! — pude ler distintamente uma intenção, a marca da própria mão dele, oculta. Foi o resultado de uma longa necessidade, de um insaciável desejo. Para dizer exatamente o que quero dizer, foi a resposta a um chamado irresistível.

O GRANDE E BOM LUGAR

I

George Dane abrira os olhos para um novo e iluminado dia, para o rosto da natureza bem lavado pelo aguaceiro da noite anterior e reluzindo como se animado de bom humor, de melhores propósitos, de alegres projetos — em suma, para o intenso brilho do recomeço fixado no pedaço de céu que lhe era dado avistar. Ele ficara acordado até tarde da noite para terminar seu trabalho — tarefas acabrunhadoramente atrasadas cuja pilha, quando por fim foi deitar-se, em pouco tinha diminuído. Ia agora retornar à labuta depois da pausa noturna; mas podia por enquanto tão só ficar olhando para a pilha, para a eriçada sebe de cartas plantada pelo carteiro da manhã, uma hora antes, e já simetricamente aparada e disposta, na mesa costumeira ao lado do consolo da lareira, pelo seu sistemático criado. Era coisa por demais impiedosa, a perfeição de Brown. Havia jornais sobre outra mesa, arranjados com o mesmo rigor habitual, jornais em demasia — que poderia uma criatura querer de tantas notícias? —, cada qual com as mãos no pescoço do outro, de modo que a fileira de suas cabeças sem corpo semelhava decapitações em série. Outros jornais, outros periódicos de toda espécie, dobrados e em invólucros, formavam um confuso amontoado que vinha crescendo há dias e do qual ele estivera exausto, desamparadamente cônscio. Havia novos livros, tanto ainda dentro como já fora de seus envoltórios, ali largados — exemplares recebidos de editores, de autores, de amigos, de inimigos, do seu próprio livreiro que, para seu espanto, lhe mandava sem consulta prévia coisas inconcebíveis. Ele não tocou em nada, não se aproximou de nada, só lançou um olhar aborrecido para o trabalho por assim dizer da noite — para o fato, na sala de altas e largas janelas onde o dever derramava sua luz impiedosa por todos os cantos, das ainda desavergonhadas advertências. Era a velha maré montante, que subia, subia a cada minuto. Chegava-lhe aos ombros na noite passada — agora lhe alcançava o queixo.

Nada se *fora*, nada passara enquanto ele dormia — tudo permanecera; nada que pudesse ainda sentir havia morrido — como seria naturalmente de pensar; pelo contrário, muitas coisas tinham nascido. Deixá-las de parte, tais coisas novas, deixá-las totalmente de parte para ver se por acaso isso não se demonstraria a melhor maneira de avir-se com elas: tal fantasia roçou-lhe a face por um instante como uma possível solução, fazendo-a sentir, como tantas vezes antes, uma fria aragem. Então ele tornou a se dar conta, como tantas vezes antes, de que deixar de lado era difícil, era impossível — que o único remédio, a verdadeira e macia esponja limpadora, seria *ele* ser deixado de parte, esquecido. Não havia por onde um homem que sempre gostara da vida — que dela gostara ao menos como *ele* — pudesse agora escapar-lhe. Ele tinha de colher o que semeara. Era uma questão de malhas; ele fora simplesmente dormir sob a rede e tinha apenas acordado no mesmo lugar. A rede era de malha muito fina; os cordéis se entrecruzavam em pontos muito próximos uns dos outros, formando ali um nozinho firme que dedos já fatigados estavam nessa manhã lassos e tenros demais para tocar. Nosso pobre amigo não tocou coisa alguma — limitou-se a enfiar significativamente as mãos nos bolsos enquanto ia até a janela admirar, com uma pequena exclamação, a energia da natureza. O que mais espantava era ela estar tão pronta. Na noite passada, cuidara antes de apaziguá-lo, em horas tardias junto à lâmpada. Por trás das cortinas cerradas do seu gabinete de trabalho, a chuva era audível e de certo modo misericordiosa; lavando a janela num fluxo contínuo, inculcava-se a coisa certa, a coisa que retardava e interrompia, a coisa que, se durasse, poderia limpar o terreno levando consigo até o oceano infinito os inúmeros objetos entre os quais seus pés tropeçavam e se transviavam. Ele tinha efetivamente deposto a pena como se cônscio de uma amistosa pressão da parte dela. O brando silvo soava na vidraça quando ele apagou a lâmpada; deixara inacabada a frase e os papéis espalhados, como se para que a enchente os levasse consigo no seu ímpeto. Mas ali sobre a mesa ainda estavam os ossos desnudos da sentença — e não todos; a única coisa que fora levada embora e que ele nunca poderia recuperar era a metade faltante, a qual poderia tê-la completado, gerando uma figura.

Todavia, a ele só era dado afastar-se da janela; o mundo estava por toda parte, dentro e fora, e o vasto egotismo contemplativo da sua saúde e vigor não merecia confiança em matéria de tato ou delicadeza. Voltou-se apenas para dar com o criado e com a estapafúrdia formalidade de dois telegramas numa bandeja. Brown deveria tê-los chutado para dentro da sala — para que ele próprio os pudesse chutar para fora.

"E o senhor me disse para lembrá-lo do que..."

George Dane finalmente se irritou. "Lembrar-me de coisíssima nenhuma!"

"Mas o senhor insistiu em que eu deveria insistir!"

Ele deu-lhe as costas em desespero de causa, usando um patético tremor de voz que contrastava absurdamente com as suas palavras: "Se você insistir, Brown, eu o mato!". Viu-se de volta à janela, de onde, olhando desde o seu quarto andar, podia divisar, sob o clangor das trombetas solares, a vasta vizinhança começando a movimentar-se. Houve um silêncio, mas ele sabia que Brown não o tinha deixado — sabia exatamente o quão empertigado, sério, estúpido e fiel ali permanecia. Ao fim de um minuto, tornou a ouvi-lo.

"Senhor, é só porque o senhor sabe que não consegue lembrar..."

A estas palavras, Dane deu uma meia-volta colérica; era mais do que podia suportar num momento assim. "Não consigo lembrar, Brown? Não consigo é esquecer. Aí é que está o meu problema."

Brown olhou para ele com a vantagem de dezoito anos de constância. "Receio que não esteja bem, senhor."

O patrão de Brown refletiu. "É chocante dizer isso, mas, céus, bem que eu queria não estar bem! Seria talvez uma justificativa."

A perplexidade de Brown alargou-se como o deserto. "Uma justificativa para desmarcar com elas?"

"Ah!" A exclamação era um gemido; o pronome plural, *qualquer* plural, tão inoportuno. "Quem são elas?"

"Aquelas senhoras de quem falou... para o almoço."

"Oh!" O pobre homem deixou-se cair na cadeira mais próxima e ficou durante algum tempo de olhos fitos no tapete. Era muito complicado.

"Quantas serão, senhor?", perguntou Brown.

"Cinquenta!"

"Cinquenta, senhor?"

De sua cadeira, nosso amigo olhou vagamente à volta; sob sua mão estavam os telegramas ainda fechados, um dos quais ele então abriu. "Espero bondosamente não se incomode eu levar hoje, uma e meia, pobre querida lady Mullet, tão terrivelmente propensa", leu ele para o seu companheiro.

Este aferiu a informação. "Com *ela* quantas serão, senhor?"

"Com a pobre e querida lady Mullet? Não faço a menor ideia."

"Ela está... hum... deformada, senhor?", perguntou Brown, como se nesse caso ela fosse tomar mais de um lugar.

O patrão admiriu-se da pergunta, mas logo percebeu que Brown, confundindo *propensa* com *pensa*, imaginara alguma curvatura pessoal. "Não, ela está só propensa a vir!" Dane abriu o outro telegrama: "Lamento onze horas impossível, conto em vez disso grande gentileza sua presença aqui duas horas em ponto".

"Quantas mais *isso* faz?", continuou Brown imperturbável.

Dane amassou as duas missivas e foi com elas até a cesta de papel, onde as deixou cair pensativamente. "Não sei dizer. Você mesmo tem de cuidar de tudo. Eu não estarei presente."

Foi só aí que o rosto de Brown mostrou alguma expressão. "Em vez disso o senhor irá..."

"Em vez disso irei!", vociferou Dane.

Brown, contudo, tivera ocasião de demonstrar antes que *ele* nunca desertaria o seu posto. "Isso não seria sacrificar as três?" Fez uma pausa entre respeitosa e recriminadora.

"São três?"

"Vou pôr quatro ao todo."

O patrão de Brown captou-lhe o pensamento. "Sacrificar as três em favor de uma, quer dizer? Oh, eu não vou à casa *dela*!"

A célebre "meticulosidade" de Brown — sua maior virtude — nunca fora tão aflitiva. "Então aonde é que vai?"

Dane sentou-se à escrivaninha e ficou olhando a sua frase imperfeita. "*There is a happy land, far far away!*", cantarolou como uma criança enferma, e soube que por um minuto Brown não se movera. Durante esse minuto, sentiu entre os ombros a verruma da crítica.

"Está mesmo certo de que está bem, senhor?"

"É a minha certeza que me esmaga, Brown. Olhe à sua volta e julgue por si próprio. Poderia estar algo mais *certo*, na opinião do mundo invejoso, do que tudo quanto nos circunda aqui: esse imenso rol de cartas, notas, circulares; essa pilha de provas tipográficas, revistas e livros; esses perpétuos telegramas, esses convidados iminentes, esse trabalho atrasado, inacabado e interminável? Que mais poderia um homem desejar?"

"O senhor quer dizer que são coisas demais?" Brown tinha às vezes desses lampejos.

"Coisas demais. Coisas demais. Mas *você* não pode evitá-las, Brown."

"Eu não, senhor", concordou Brown. "O *senhor* pode?"

"Tenho estado a pensar… tenho de ver. Há horas…!" Sim, havia horas, e aquela era uma delas: ele sacudiu-se para outra volta por seu labirinto, mas sem olhar, nem sequer de esguelha, para os olhos do seu admoestador. Se Dane era um gênio para alguém, esse alguém era Brown; mas era terrível ser um gênio para Brown. Houve ocasiões em que Dane fez plena justiça ao modo como isso o alentava; agora, contudo, estava no pior da avalanche. "Não se preocupe comigo", continuou, fingidamente, e voltando a olhar de soslaio, pela janela, para o mundo iluminado e belo. "Talvez vá chover… *talvez* não pare. Adoro a chuva", prosseguiu debilmente. "Ou, melhor ainda, talvez neve."

O rosto de Brown assumiu uma expressão perceptível, e era de medo. "Nevar, senhor… no fim de maio?" Sem insistir na questão, consultou seu relógio. "O senhor vai se sentir melhor depois de tomar o desjejum."

"É provável que sim", disse Dane, a quem tomar o desjejum parecia de fato uma agradável alternativa à abertura da correspondência. "Vou imediatamente."

"Mas sem esperar…?"

"Esperar o quê?"

Sob o peso da apreensão, Brown teve finalmente o seu primeiro lapso de lógica, que traiu hesitando na óbvia esperança de que seu interlocutor pudesse, por um lampejo de memória, livrá-lo de um odioso dever. Mas os únicos lampejos eram agora os dele próprio, bom homem. "O senhor diz que não consegue esquecer, mas esqueceu…"

"É alguma coisa horrível?", atalhou Dane.

Brown suspendeu o fogo. "Não, é apenas o cavalheiro que o senhor me disse que tinha convidado…"

Dane entendeu; horrível ou não, voltou-lhe à lembrança — e só o fato de voltar-lhe o classificava. "Para o desjejum de hoje? *Era* hoje então; compreendo." Voltou-lhe sim à lembrança o encontro marcado com o rapaz — supunha que fosse rapaz — cuja carta, a carta sobre — sobre o que mesmo? —, lhe chamara a atenção. "Sim, sim; espere, espere."

"Talvez lhe faça bem, senhor", aventou Brown.

"Claro… claro. Muito bem!" Fosse o que fosse que lhe fizesse, pelo menos o impediria de fazer outra coisa: disso deu-se conta o nosso amigo quando, ao som da campainha elétrica da porta do apartamento, Brown se retirou. Duas coisas ocorreram ao espírito de Dane no breve intervalo que se seguiu: de um lado, ele ter esquecido completamente o que tinha a ver com o seu visitante e qual era afinal o propósito da visita dele; de outro, sua própria e firme disposição de não tocar em nada — nem sequer com a ponta do dedo. Ah, se lhe *fosse* dado jamais ter de tocar de novo! Todos os selos intactos e todas as negligenciadas solicitações ali jaziam enquanto ele, durante uma pausa que não saberia medir, ficou em pé diante do consolo da lareira com as mãos ainda nos bolsos. Escutou uma breve troca de palavras no vestíbulo, mas nunca recordou posteriormente o tempo que Brown levara para reaparecer, preceder e anunciar outra pessoa — uma pessoa cujo nome de alguma maneira não chegou aos ouvidos de Dane. Brown saiu para ir servir o desjejum, deixando anfitrião e hóspede face a face. A duração desse primeiro estágio desafiou também, mais tarde, as tentativas de medição; isso, contudo, pouco importava, pois na esteira do que aconteceu vieram prontamente o segundo, o terceiro, o quarto, em suma, a farta sucessão dos estágios ulteriores. No entanto, o que aconteceu foi apenas Dane tirar a mão do bolso, esticá-la e sentir que a pegavam. Dessa forma, se é que ele não tivesse mesmo querido voltar a tocar o que quer que fosse, isso aconteceu.

2

Ele poderia ter estado uma semana no local — na cena de sua nova consciência — antes de tornar a falar. A ocasião em que o fez foi quando uma das tranquilas figuras que ele estivera indolentemente a observar acercou-se afinal e lhe mostrou um rosto que era a mais alta expressão — para a sua deleitada mas ainda ligeiramente confusa percepção — do encanto em geral. O que era tal encanto em geral? Ele não poderia tê-lo exprimido com facilidade, visto tratar-se de um imenso abismo de negativas, uma total ausência de positivos e do que mais fosse. A estranheza estava em ao fim de um minuto ele ter sido como que atingido pela reflexão de sua própria imagem no primeiro interlocutor sentado a seu lado, no confortável banco, debaixo do alto, claro pórtico e acima do vasto e extenso jardim, onde as coisas que mais se destacavam na verdura eram o espelho de água parada e a mancha branca das estátuas. A ausência do que mais fosse estava realmente, como ele podia ver, no aspecto do irmão que se tinha juntado tão informalmente a ele — um homem da mesma idade que a sua, fatigado distinto simples benévolo — e era tão só a ausência do que ele não queria. De momento, não queria outra coisa que não *fosse* estar simplesmente ali, ficar de molho no banho. Ele já se encontrava no banho, no largo e profundo banho da quietude. Estavam ele e seu companheiro sentados agora dentro dele, com água até o queixo. Ele não tivera de falar, não tivera de pensar, mal tivera sequer de sentir. Estivera assim mergulhado antes — quando e onde? —, mergulhado num outro rio; só que num rio de águas impetuosas em que colidir e ofegar eram tudo. *Esta* era uma corrente tão vagarosa e tão tépida que nela se flutuava praticamente sem movimento nem sensação de frio. A quebra do silêncio não era imediata, embora Dane parecesse de fato senti-la antes que um som ecoasse. Podia ecoar sem palavras, para dar a entender, de maneira muito suficiente, que ele e seu companheiro eram irmãos e o que isso significava.

Ele se perguntava, mas sem nenhuma inquietude — pois inquietude era impossível ali —, se seu amigo encontrava *nele* a mesma semelhança, a prova de paz, o penhor do que o lugar era capaz de fazer. A longa tarde chegava ao fim; as sombras se alongavam e o céu brilhava mais alto, mas nada mudara — nada *podia* mudar — no elemento em si. Era uma segurança consciente. Maravilhosa! Dane tinha vivido dentro dela, mas sentia-se enormemente cônscio. Ter-lhe-ia sido penoso perder isso, pois apenas esse fato por enquanto, o bem-aventurado fato da consciência, parecia, de todas as coisas, a maior. Seu único defeito era que, sendo em si mesma uma ocupação, uma inquietude tão sutil no âmago da gratidão, a vida do dia acorresse inteira para ela. Mas, mesmo assim, qual o mal disso? Ele viera por vir, simplesmente, para aceitar o que encontrasse. Aquele era o sítio em que o grande claustro, fechado externamente em três lados e que se mostrava à sua encantada percepção como provavelmente o mais amplo mais claro mais belo efeito que mãos humanas poderiam jamais ter expressado nas dimensões de comprimento e largura, abria para o Sul o seu esplêndido quarto lado, voltava para o amplo panorama uma galeria externa que se combinava com o resto do pórtico para formar uma alta *loggia*, tal como ele fazia de conta consigo próprio ter visto, na Itália dos dias de outrora, em antigas cidades, antigos conventos, antigas *villas*. Aquela rediviva configuração de alguma grande residência de uma ordem, algum benigno monte Cassino, alguma Grande Chartreuse mais acessível, era o seu termo de comparação; ele sabia, porém, que nunca tinha realmente contemplado em lugar algum algo que fosse a um só tempo tão calculado e tão generoso.

Três impressões, particularmente, tinham-no acompanhado a semana toda, e ele não podia senão reconhecer em silêncio o ditoso efeito delas sobre seus nervos. Como tudo foi conseguido ele não saberia dizer — ademais, havia se contentado até agora com a sua ignorância de causa e pretexto; mas toda vez que resolvia escutar com certa atenção, distinguia como que ao longe o lento e suave som de sinos a repicar. Como podiam, estando tão longe, fazer-se tão audíveis? Como podiam estar tão perto e no entanto soar tão distantes? Como sobretudo podiam, em tal suspensão de vida, ser tão frequentes no marcar o *tempo* das coisas? A essência mesma da bem-aventurança de Dane fora precisamente não haver nada agora de que marcar o tempo. O mesmo se dava com as lentas passadas que, sempre ao alcance do ouvido vagamente atento, marcavam o espaço e o lazer; que pareciam, nas longas e frescas arcadas, tocar o chão de leve e perpetuamente afastar-se. Essa era a segunda impressão, e se fundia à terceira, visto que, nesse particular, toda forma de suavidade, no grande e bom lugar, não passava de mais uma volta, sem sacudidelas nem lacunas, da infinda espiral da serenidade. As calmas passadas eram de calmas figuras; as calmas figuras que, para o olhar, mantinham o quadro humano e lhe levavam a perfeição ao limite do alcançável. Tal perfeição, sentia-o ali sentado no banco ao lado de seu amigo, estava agora mais que nunca ao alcance. O amigo voltou finalmente para ele um olhar diferente dos de amigos dos clubes londrinos.

"A questão era achá-lo!"

Incrível como essa observação se ajustava ao seu próprio pensamento. "Pois não era? E quando penso", disse Dane, "nas pessoas que não o acharam e nunca o acharão!" Suspirou por esses infortunados com uma compassividade que, nesse grau, era-lhe praticamente nova, sentindo também que seu companheiro saberia muito bem a que pessoas se referia. Referia-se apenas a algumas, mas eram todas as que o iriam querer; conquanto, fora de dúvida, tais pessoas — bem, por razões, por coisas que ele observara no mundo — jamais haveriam de ser numerosas. Talvez nem todas as que o queriam conseguissem encontrá-lo realmente; mas nenhuma, pelo menos, o encontraria se realmente não o quisesse. E aliás que necessidade teria sido a de ele ser o primeiro! O que de começo teria sido para ser a dele! Sentia de novo, à vista do rosto de seu companheiro, o que ela ainda poderia ser mesmo quando estivesse cabalmente satisfeita, bem como que comunicação se estabelecera pelo mero conhecimento em comum dela.

"Cada um deve chegar por si próprio e por seus próprios pés... não é assim? Somos irmãos aqui presentemente, como num grande mosteiro, e devemos considerar e reconhecer de imediato cada um como tal; devemos, todavia, chegar primeiro aqui como pudermos, e nos encontramos após longas jornadas e por complicados caminhos. Além disso nos encontramos — não é? — de olhos fechados."

"Ah, não fale como se estivéssemos mortos!", disse Dane a rir.

"Eu não me importaria de estar morto se fosse como isto", replicou o amigo.

Era mais que óbvio para Dane, enquanto olhava diante de si, que ninguém se importaria; ao cabo de um momento, porém, ele perguntou, na primeira enunciação do seu elementaríssimo espanto: "Onde fica?".

"Eu não me surpreenderia se estivesse muito mais perto do que jamais se imaginou."

"Mais perto da *cidade*, quer dizer?"

"De tudo… de cada um."

George Dane refletiu. "Fica, por exemplo, algures em Surrey?"

O irmão respondeu em tom algo relutante. "Por que dar-lhe nomes? Deve ter um clima, entende."

"Sim", concordou Dane entre meditativo e feliz; "pois sem isso…!" Mas tudo aquilo voltava certamente a empolgá-lo, pois não pôde evitar a pergunta: "*Que* é isto?".

"Oh, é sem dúvida alguma parte de nosso bem-estar, de nosso repouso, de nossa mudança, que absolutamente não conhecemos, creio eu, e a que podemos por isso dar o nome daquilo de que mais gostamos no mundo... da coisa, por exemplo, que mais amamos que ele seja."

"Sei como *eu* vou chamar-lhe", disse Dane após um instante. E como seu amigo o ouvisse com interesse: "Apenas O Grande e Bom Lugar".

"Entendo... que mais poderia dizer? Eu, por mim, talvez o veja um pouco diferentemente." Estavam ali sentados, inocentes como dois meninos pequenos contando um ao outro os nomes de seus bichinhos de brinquedo. "A Grande Necessidade Atendida."

"Ah, sim... isso mesmo!"

"Não nos basta saber que se trata de um lugar que funciona tão admiravelmente em nosso benefício, a ponto de aguçarmos em vão os ouvidos para detectar algum ruído de maquinaria? Não nos basta saber que é simplesmente um perfeito acerto?"

"Ah, um acerto!", murmurou Dane benevolamente.

"Faz por nós o que se propõe fazer", acrescentou o seu companheiro; "o mistério não vai além disso. A coisa é provavelmente muito simples e tem uma base totalmente prática; só que teve origem numa ideia feliz, num verdadeiro estalo de gênio."

"Sim", replicou Dane, "num sentido — por parte deste ou daquele — tão requintadamente pessoal!"

"Exatamente... está fundada, como todas as boas coisas, na experiência. A *grande necessidade* é percebida... essa a grande base da coisa. No dia em que foi percebida pelo espírito certo, nasceu este esplêndido lugar. Ao fim e ao cabo, a necessidade sempre *foi* atendida… deve sempre sê-lo. Como pode deixar de ser atendida, já que crescem cada vez mais as pressões de toda sorte?"

Dane, de mãos cruzadas no regaço, assimilou essas palavras sábias. "Pressões de toda sorte *estão* crescendo!", observou placidamente.

"Posso bem ver o que tal fato *lhe* fez", declarou o irmão.

Dane sorriu. "Eu não aguentaria mais tempo. Não sei o que seria feito de mim."

"Eu sei o que seria feito de *mim*."

"Bem, é a mesma coisa."

"Sim", disse o companheiro de Dane, "é sem dúvida a mesma coisa." Dito o que ficaram sentados em silêncio por alguns instantes, como se estivessem acompanhando, no panorama verde do jardim, os vagos movimentos do monstro — loucura, capitulação, colapso de que haviam escapado. O banco era como um camarote de ópera. "E é perfeitamente possível, sabe", continuou o irmão, "que eu já tenha visto você antes. Talvez o tenha até conhecido bem. Não sabemos."

Tornaram a olhar um para o outro com grande serenidade, e Dane disse finalmente: "Não, não sabemos".

"Foi o que eu quis dizer quando falei em virmos para cá de olhos fechados. Sim… há algo faltando. Há uma lacuna, um elo solto, o grande hiato!", disse o irmão a rir. "É uma história tão simples quanto a velha, velhíssima ruptura — a brecha que venturosos católicos conseguiram sempre abrir e, com os inúmeros mosteiros para onde *retirar-se*, continuam a abrir. Não me refiro aos exercícios piedosos... refiro-me apenas à simplificação material. Não falo de abdicação do eu: falo, isto sim — no caso de *o* indivíduo ter um eu que valha alguma coisa —, de recuperação dele. O lugar, a ocasião, o modo estavam ao dispor dos membros das ordens de antigamente... e ainda estão na verdade, como sempre. Eles podem sempre retirar-se para os bem-aventurados mosteiros que os recebem. Por isso já era mais que tempo de nós — nós dos grandes povos protestantes, ainda mais, se tal é possível, no caso de indivíduos sensíveis, acabrunhados, oprimidos e sobrecarregados da mera quantidade, prostituídos, pelo nosso *espírito de iniciativa*, ao nível da profanidade — aprendermos como escapar, encontrarmos algures *nosso* retiro e remédio. Havia tanta oportunidade para isso!"

Dane pôs a mão no braço do companheiro. "É fascinante como quando falamos conosco mesmos falamos um para o outro. Foi isso exatamente o que eu disse!" Ele se pusera a relembrar, por sobre o abismo, a última ocasião.

O irmão, como se isso fosse fazer bem a ambos, só queria trazê-lo de volta. "Que foi que *disse*...?"

"A *ele*... naquela manhã." Dane tornou a ouvir o som de um sino distante e de lentas passadas. Uma quieta presença transitou algures — nenhum deles voltou-se para olhar. O que pouco a pouco se ia impondo mais a ele era a perfeição do bom gosto. Era absoluto — estava por toda parte. "Eu simplesmente arriei minha carga... e ele a recebeu."

"A carga era muito pesada?"

"Sim, e como!", disse Dane jocosamente.

"Preocupações, mágoas, dúvidas?"

"Oh, não... pior que isso!"

"Pior?"

"Sucesso... e do tipo mais vulgar!" Mencionava-o agora como que divertido.

"Ah, conheço isso também! Do modo como as coisas vão, ninguém no futuro conseguirá enfrentar o sucesso."

"Sem algo como isto aqui... jamais. Quanto melhor for o sucesso, pior... quanto maior, mais mortífero. Mas minha única aflição aqui", continuou Dane, "é pensar no meu pobre amigo."

"A pessoa a quem você já se referiu?"

Assentiu compassivamente. "Meu substituto no mundo. Que indizível benfeitor. Ele apareceu naquela manhã em que tudo me dava nos nervos, em que o próprio globo terrestre, com ou sem nervos, parecia ter se espremido no meu gabinete de trabalho e ocupar-se simplesmente em ir se inchando ali dentro. Não era bem uma questão de nervos, era uma simples questão de deslocamento e transtorno de tudo... de uma geral submersão pela nossa eterna demasia. Eu não sabia *où donner de la tête*... — não conseguia dar mais um só passo."

A compreensão com que o irmão ouvia fazia lembrar a de crianças comendo da mesma tigela. "E então você recebeu o aviso?"

"Recebi o aviso!", confirmou Dane num suspiro de felicidade.

"Bem, todos nós o recebemos. Mas, ouso afirmar, de modo diferente."

"Então como foi que *você*...?"

O irmão hesitou, sorridente. "Conte-me você primeiro."

3

"Bem", disse George Dane, "era um rapaz que eu nunca tinha visto — um homem muito mais jovem do que eu — que me tinha escrito uma carta e enviado algum artigo, algum livro seu. Li-o, fiquei muito impressionado, disse-lhe isso e agradeci — com o que evidentemente voltei a ter notícias dele. Ah, *isso*...!" Dane suspirou chistosamente. "Ele me perguntou coisas... suas perguntas eram interessantes, mas para poupar tempo e correspondência eu lhe disse: 'Venha me ver... podemos conversar um pouco; mas tudo quanto lhe posso conceder é meia hora ao desjejum'. Ele chegou pontualmente num dia em que, mais que nunca em minha vida, parecia-me ter perdido, sob a infinda pressão e premência, a possessão de minha própria alma e estar assoberbado por assuntos de outras pessoas, asfixiado por ninharias irrelevantes. Isso me deixava literalmente doente... eu sentia, como nunca senti antes na vida, que se perdesse uma hora que fosse o domínio da coisa em si, da coisa que me era de fato importante e que eu estava tentando alcançar, eu nunca mais a recuperaria. As águas bravias se fechariam sobre mim e eu afundaria sem remissão nas escuras profundezas onde os vencidos jazem mortos."

"Estou acompanhando-o em cada passo do seu caminho", disse o irmão amigo. "As águas bravias desta época horrível, você quer dizer."

"Exatamente, de nossa época horrível. Não, claro — como às vezes sonhamos —, de qualquer outra."

"Sim, de qualquer outra seria apenas um sonho. Na verdade, não conhecemos outra que não seja a nossa própria."

"Não, graças a Deus... essa já basta." Dane sorriu, satisfeito. "Bem, o tal rapaz apareceu, e eu mal havia estado um minuto em sua companhia quando me dei conta de que ele poderia de algum modo ajudar-me. Ele veio a mim cheio de inveja, de extravagante inveja... realmente exaltado. Para ele, eu era, Deus me perdoe, o grande *sucesso*; ele que estava faminto, falido, derrotado. Como posso descrever o que se passou entre nós?… foi tão estranho, tão rápido, uma questão de instantânea percepção e aquiescência de um para o outro. Ele era tão sagaz e estava tão ansioso, tão faminto!"

"Faminto?", perguntou o irmão.

"Não de pão, entenda-se, ainda que mesmo de pão acho que não tinha tido muito. Quero dizer faminto de… bem, daquilo que *eu* tinha e de que era para ele um monumento, cercado como estava, até o pescoço, de disparatadas provas. Ele, pobre-diabo, estivera por dez anos fazendo serenatas sob janelas fechadas e jamais conseguira fazer uma única dar qualquer mostra de abrir-se. A *minha* vaga persiana foi a primeira que se entreabriu um centímetro para ele; eu ter lido o seu livro, a impressão que me causou, e o convite que lhe fiz, eram literalmente a única resposta jamais deixada cair em seu escuro beco. Ele viu no meu gabinete apinhado, no meu dia destroçado, no meu rosto entediado e no meu gênio azedado — é embaraçoso, mas é preciso dizê-lo — a ameixa que coroava meu pudim, o próprio esplendor de minha glória. E viu na minha saciedade e no meu *renome* — pobre inocente iludido! — aquilo que em vão almejava."

"O que ele almejava era *ser* você", disse o irmão. E acrescentou: "Vejo por onde é que você vai escapar".

"Ao dizer-lhe ao fim de cinco minutos: 'Meu caro, eu gostaria que experimentasse… gostaria que fosse *eu* só por algum tempo!'. Você acertou direto no alvo, meu bom irmão, foi exatamente o que aconteceu — embora fosse extraordinário que ambos tivéssemos compreendido. Vi o que ele poderia oferecer-me, e ele também. Viu ademais o que eu poderia conseguir; na verdade, o que viu era maravilhoso."

"Ele deve ser realmente notável!", disse o interlocutor de Dane, rindo.

"Quanto a isso, não há dúvida — muito mais notável que eu. Essa é justamente a razão de aquilo que lhe sugeri em brincadeira — com desesperada e extravagante ironia — ter se tornado em suas mãos, com a visão que tinha das oportunidades, o abençoado meio e medida de eu estar agora aqui na companhia do irmão. 'Oh, se eu pudesse tão só *transferi-la* por inteiro… fazer com que passasse para outros ombros, uma hora que fosse! Se *houvesse* ao menos um substituto!' E quando percebi algo em sua expressão perguntei-lhe: 'Será que *você*, por um milagre, aceitaria?'. Expliquei-lhe o que aquilo significava — ele assumir a carga. Significava que teria de terminar o meu trabalho e abrir a minha correspondência, assumir meus compromissos e estar sujeito, para o melhor ou para o pior, aos meus contatos e complicações. Significava que teria de viver a minha vida, pensar com a minha cabeça, escrever com a minha mão, falar com a minha voz. Significava sobretudo que eu teria de sair de cena. Ele aceitou o desafio com grandeza de alma… como um herói, mostrou-se à altura da situação. Limitou-se apenas a dizer: 'E o que será do *senhor*?'."

"Aí é que estava o xis da questão!", admitiu o irmão.

"Ah, mas só por um minuto. Ele veio novamente em minha ajuda", continuou Dane, "quando viu que eu não sabia responder a contento, a não ser que queria refletir, queria parar, queria fazer a coisa desejada... a que importava, a que eu buscava, pobre de mim, e só ela; por isso queria, antes de mais nada, tornar a *ver* realmente, transplantada, desapinhada, descongelada, ela que por tanto tempo tinha estado congelada. 'Sei o que quer', observou ele em voz baixa ao fim de um instante. 'Ah, o que eu quero não existe!' 'Sei o que quer', repetiu ele. E aí eu comecei a acreditar nele."

"E você tinha alguma ideia do que fosse?" A atenção do irmão concentrou-se num sussurro.

"Oh, sim", respondeu Dane, "e era exatamente a minha ideia que me desesperava. Lá estava ela, tão nítida quanto possível, na minha imaginação e na minha ânsia... mas *não*, de maneira alguma, na realidade fatual. Sentamo-nos num sofá enquanto aguardávamos o desjejum. Ele pôs então a mão no meu joelho... voltou para mim um rosto que forte e súbita iluminação tornava indescritivelmente belo. 'Ele existe... existe sim', disse finalmente. Lembro-me de que ficamos ali sentados por algum tempo, a olhar um para o outro, do que resultou eu descobrir que acreditava inteiramente nele. Lembro-me de que não havia nada de solene em nós... sorríamos com o júbilo de descobridores. Ele estava tão contente quanto eu... muitíssimo contente. Isso ressaltava do próprio modo como respondeu ao apelo que irrompeu de mim: 'Por Deus, onde é? Diga-me, sem mais delonga, onde é!'."

Que intensa era a simpatia do irmão! "Ele lhe deu o endereço?"

"O pensamento dele estava esquadrinhando isso... buscando localizá-lo com a sua sensibilidade. Ele tem uma cabeça ótima e, enquanto nós ficamos aqui a tagarelar, deve ele estar se saindo da situação muito melhor do que *eu* jamais me saí. Apenas vendo-lhe o rosto, apenas sentindo-lhe a mão sobre meu joelho, comecei a perceber, dentro em pouco, que ele não só sabia o que eu desejava como estava muito mais perto do que eu durante dez anos. Ergueu-se de um salto, subitamente, e foi até a minha escrivaninha... ali se sentou de pronto, como se me fosse passar uma receita ou preencher-me um passaporte. Foi então — à mera vista de suas costas voltadas para mim — que senti o encantamento agindo. Fiquei simplesmente ali sentado a olhá-lo com a mais estranha, a mais profunda, a mais doce das sensações — a sensação de uma dor que tivesse parado de doer. A vida se exaltara; eu pelo menos me sentia como que acima do chão. Ele já estava onde eu estivera."

"E onde estava você?", perguntou o irmão deleitadamente.

"Sempre ali no sofá, recostado à almofada e experimentando um delicioso bem-estar. Ele já era eu."

"E *você* quem era?", insistiu o irmão.

"Ninguém. Isso é que era o divertido."

"Isso é que é o divertido", completou o irmão com um suspiro ameno como uma melodia.

Dane fez eco ao suspiro, e, sem ninguém falar com ninguém, ficaram ali sentados em silêncio, perdidos na contemplação do vasto e encantador panorama que a noite tépida ia escurecendo.

4

Ao fim de três semanas — tanto quanto se podia distinguir o correr do tempo — Dane começou a sentir que havia recuperado algo. Algo a que nunca faziam referência — em parte por não haver necessidade, em parte por falta da palavra adequada; que descrição poderia em verdade dar plena conta do que fosse? A única e verdadeira necessidade era conhecê-lo, vê-lo em silêncio. Dane tinha uma senha útil e privativa para designá-lo, da qual se havia, entretanto, apropriado por furto — "a divina visão e faculdade". Essa era sem dúvida uma designação lisonjeira da ideia que fazia do próprio gênio, gênio que em todo caso estivera a pique de perder e que conseguira finalmente reter por um fio passível de romper-se a qualquer momento. A mudança consistira em que pouco a pouco a retenção se tornara mais firme, pelo que ele ia puxando a linha —

mais e mais, a cada dia — com uma tração que se deliciava em saber que aguentaria. A doçura meramente idílica do lugar estava superada; era, cada vez mais, um mundo de ordem e razão, de aturado e visível planejamento. Deixou de ser estranho — para ser de superior e triunfante clareza. Dane cogitava apenas vagamente na questão de onde estava, achando que lhe bastava a quase certeza de que, se não estava em Kent, estaria então provavelmente em Hampshire. Ele pagava por tudo, mas isso… isso não entrava na conta. O pagamento, como logo ficou sabendo, era definido; consistia em libras e xelins — exatamente como os do mundo que deixara, só que pagos com maior arroubo — por ele depositados num receptáculo colocado em seu próprio quarto, de onde eram recolhidos, na sua ausência, por um dos discretos e furtivos agentes (sombras projetadas sobre as horas como a marcha silente do relógio de sol) que estavam sempre em ação. O lugar tinha aspectos inteiros que se semelhavam e se faziam lembrar, e uma deleitosa, resignada percepção de tais coisas era, a um só tempo, o efeito e a causa de sua graça.

Dane foi buscar no seu indistinto passado alguns símiles precários. O sacro e silencioso convento era um deles; outro, a luminosa casa de campo. Não cometeu o ultraje de comparar o lugar a um hotel; permitiu-se ocasionalmente achar que sugeria um clube. Essas imagens, contudo, bruxuleavam e se apagavam — duravam tão só o bastante para ilustrar a diferença.

Um hotel sem barulho, um clube sem jornais — quando ele voltava o rosto para o "sem", a vista alargava-se. A única via para uma verdadeira analogia estava nele próprio e nos seus companheiros. Eram irmãos, hóspedes, membros; eram até, caso se quisesse — e pouco lhes importava como os chamassem —, "pensionistas regulares". Eles não faziam as condições; as condições é que os faziam. Tais condições foram claramente aceitas com um apreço, com um arroubo, como cumpria antes chamar-lhes, que derivavam, como o próprio ar que os percorria e a força que os sustentava, de sua nobre e serena firmeza. Combinavam-se para compor a ampla e simples ideia de um refúgio geral — uma imagem de braços acolhedores, de acomodação generosa. O que era o efeito senão realmente a poetização, por um perfeito bom gosto, de um tipo bastante comum? Não havia nenhum milagre cotidiano; o perfeito bom gosto, com a ajuda do espaço, realizava o truque. Melhor ainda, refletia Dane: o que subjazia e sobrepairava a tudo era alguma inspiração original, mas confirmada, indômita, alguma ideia feliz de um coração individual. Nascera, a abençoada concepção, de algum modo e nalgum lugar — e tivera de insistir para ser realizada. O autor podia manter-se na obscuridade, pois isso fazia parte da perfeição: serviço pessoal tão silencioso e tão bem regulado que mal se podia surpreendê-lo em ação e só se sabia dele pelos seus resultados. No entanto, a sábia mente estava por toda parte — o cerne da coisa toda centrava-se numa consciência. E que consciência não teria sido, pensava Dane, essa consciência tão parecida com a sua! A sábia mente sentira, a sábia mente sofrera; divisara ela então, para o bando de mentes afligidas, uma oportunidade. Da criação a que assim se chegara, ninguém poderia dizer todavia se era o último eco do antigo ou a mais viva nota do moderno.

Repetidas vezes, entre os sinos distantes e as pisadas macias, na frescura do claustro ou na tepidez do jardim, Dane descobriu-se desejoso de não saber mais e no entanto satisfeito de não saber menos. Fazia parte da elevação de estilo e da distinção de maneiras inexistir qualquer publicidade pessoal, tampouco qualquer referência pessoal. Tais coisas pertenciam ao mundo — o mundo que ele tinha deixado; aqui não havia nenhuma vulgar pretensão de renome ou fama. O verdadeiro requinte era estar livre da complicação de uma identidade, e a maior de todas as dádivas, indubitavelmente, a sólida segurança, a cândida confiança que se sentia na observância do contrato. Fora isso que mais se sobrelevara na sábia mente — a importância da absoluta convicção, por parte de seus beneficiários, de que o que se lhes oferecia era garantido. Eles não tinham outra preocupação que não fosse pagar — a sábia mente sabia aquilo pelo qual pagavam. Impunha-se a Dane, a todo momento, que jamais lhe poderiam cobrar demasiado. Oh, o fundo fundo banho, o fresco e suave mergulho na quietude! — isso, vez após vez, como se num tratamento regular, numa sublimada "cura" germânica, era o vívido nome do seu deleite. A vida interior tornou a despertar, e o retorno dela, para a gente de sua geração, vítima da loucura moderna, da mania de tão só extensão e movimento, significava o retorno da saúde. Ele falara de independência e escrevera a respeito, mas que fria e insípida palavra não tinha sido! Isto agora era fato e não mais palavra — a inconteste posse do dia, longo doce estúpido. A fragrância de flores recém-esparzida pelo vazio e a quieta recorrência de refeições simples e delicadas, singela e silenciosamente servidas num alto, claro refeitório, constituíam um triunfo de arte. Essa, em sua análise, era a constante explicação: toda aquela doçura e serenidade tinham sido criadas pelo cálculo. Analisava, contudo, de maneira desconexa, e deleitando-se claramente com o resíduo de mistério que preparava, para o grande agente nos bastidores, o recôndito altar do ídolo de um templo; havia momentos esporádicos de branda meditação, na paz do amplo claustro ou de algum recesso do jardim onde o ar era leve, em que um particular vislumbre de beleza ou uma lembrança de felicidade pareciam pairar e demorar-se fugazmente. No êxtase de mudança que a princípio o possuíra, ele não tinha feito distinções — deixara-se simplesmente afundar, conforme já mencionei, até silentes profundezas. Então seguiram-se os morosos, mansos estágios de entendimento e anotação, mais significativos e mais frutuosos talvez depois daquela longa conversa ao crepúsculo com o seu afável companheiro, conversa que aparentemente rematou o processo pondo-lhe a chave na mão. Essa chave, de ouro puro, era simplesmente a lista cancelada. Lenta e ditosamente leu ele, na genérica abundância do seu bem-estar, todas as específicas carências de que este se compunha. Uma por uma, ele foi tocando, por assim dizer, todas as coisas que tanto enlevava dispensar.

Era o paraíso do seu quarto que mais lhes devia — um grande e claro aposento retangular, embelezado pelas omissões, de onde ele divisava, do alto, um longo vale que se estendia até o horizonte distante e que lhe fazia vaga e aprazivelmente recordar alguma velha pintura italiana, um Carpaccio ou um toscano primitivo, a representação de um mundo sem jornais nem cartas, sem telegramas nem fotografias, sem a terrível e fatal demasia. Ali ele *podia* desfrutar a graça de ler e escrever; ali, acima de tudo, podia não fazer nada — viver apenas. E havia toda a espécie de liberdades — sempre, em cada ocasião, a mais adequada. Ele podia trazer um livro da biblioteca — podia trazer dois, três. Um dos efeitos ocasionados pelo delicioso lugar era o de, por alguma razão, nunca desejar trazer mais de um. A biblioteca era uma bênção — alta, clara e simples como tudo o mais, mas com algo de confuso, de audaz e jovial na amplitude de suas arcadas. Ele sabia que jamais iria esquecer o latejo de imediata percepção com que ali se deteve pela primeira vez, bastando-lhe um breve correr de olhos em derredor para verificar que lhe iria dar aquilo que havia anos desejava. Ele nunca tivera insulamento, mas ali havia insulamento — a sensação de uma grande poncheira de prata de onde ele poderia tirar em colheradas as horas liquefeitas. Ele ia de uma parede a outra, encantado em demasia com a ocasião para sentar-se disciplinadamente ou escolher; reconhecia, de uma a outra estante, cada um dos velhos e queridos livros que tivera de pôr de lado ou aos quais nunca mais voltara; cada uma das graves e distintas vozes de outra época que, na algazarra do mundo, tivera de dar por perdida e jamais ouvida. Voltou decerto à biblioteca diariamente; ali desfrutou, de todos os estranhos e raros momentos, aqueles que eram ao mesmo tempo os mais animados e os mais contidos — momentos em que cada apreensão valia por duas e cada ato mental lembrava um abraço de amante. Era o setor a que talvez, com o passar dos dias, mais se ia afeiçoando; nisso, aliás, a biblioteca simplesmente partilhava com os demais setores do lugar, com cada aspecto para o qual acontecia o seu rosto voltar-se, o poder de lembrar-lhe a irrepreensível custódia geral.

Havia ocasiões em que ele desviava os olhos do livro para perder-se na contemplação do mero tom do quadro que nunca deixava de oferecer-se-lhe à vista, qualquer que fosse o momento ou o ângulo. Estava sempre lá, o quadro, feito no entanto das coisas mais corriqueiras. Era o modo como uma janela aberta num fundo recesso deixava entrar a manhã aprazível; o modo como o ar seco e picante reavivava as douraduras das velhas encadernações; o modo como uma cadeira vazia junto de uma mesa desatravancada punha à mostra um volume ali recém-deixado; o modo como um irmão venturoso — tão desprendido quanto o próprio eu e com as costas inocentemente voltadas — demorava-se diante de uma estante ao som do vagaroso voltar das páginas. Por força de alguma insólita lei, fazia parte da impressão total que a visão que se tinha dos fatos parecesse resultar menos destes que da própria visão; que os componentes de cada momento fossem determinados pela necessidade ou pela simpatia desse próprio momento. O que mais concorreu para tal reflexão foi o grau em que, ao fim de algum tempo, Dane tornou-se cônscio de companhia. Após aquela conversa no banco com o benévolo irmão, houve outros irmãos benévolos em outros sítios — sempre, no claustro ou no jardim, alguma figura que também parava se ele parasse e que, com um gesto de saudação, tornava-se, da maneira mais natural do mundo, um signo de difusa amenidade e devotada ignorância. Pois havia sempre sempre, em todos os contatos, o bálsamo de um ditoso branco. O que ele sentira da primeira vez repetia-se: o amigo era sempre novo e no entanto, ao mesmo tempo — o que se demonstrava divertido, não inquietante —, sugeria a possibilidade de não ser senão um velho amigo mudado. Um deleite, tais encontros — um deleite, certamente, nas condições atuais, específicas, assim como poderia ter sido o contrário nas condições abolidas. Essas outras, as abolidas, vinham à lembrança de Dane ultimamente com tanta facilidade que ele poderia medir cada exata diferença, mas com aquilo que ele finalmente fora compelido a detestar nelas isentado de sua terribilidade em consequência de algo que acontecera. Acontecera que, nos tranquilos passeios e conversas, o profundo encantamento tinha atuado e ele havia recuperado a própria alma. Havia recolhido a essa altura, com mão aligeirada, a longa e inteira linha, e tal fato pendia-lhe da ponta. Podia alcançá-lo com a outra mão, retirá-lo do anzol, retomar-lhe a posse. Aconteceu de ser isso exatamente o que ele supunha deveria ter dito a um companheiro em cuja companhia, certa tarde no claustro, se viu medindo passos.

"Oh, a coisa vem... vem por si mesma, não é, graças aos céus?... pelo simples fato de achar espaço e ocasião para tanto!"

O companheiro era possivelmente um noviço ou estava num estágio diferente do seu; fosse como fosse, havia uma vaga inveja no ar de reconhecimento que lhe brilhou no rosto fatigado, conquanto revigorado. "Então *lhe* veio?... conseguiu o que queria?" Tal era a bisbilhotice que costumava circular de um a outro lado. Dane, anos antes, fizera três meses de hidroterapia e agora, nesse outro local, encontrava um eco das antigas perguntas acerca da cura pela água, as perguntas formuladas na busca periódica de "reação" — o achaque, o progresso de cada um, a ação da pele e o estado do apetite. Tais recordações voltavam a ter pertinência — todas aquelas referências familiares, todos aqueles descuidosos folguedos da mente; e em torno deles nossos amigos confraternizaram repetida e afavelmente até que, detendo-se de súbito, Dane pôs a mão no braço do companheiro e rompeu no riso mais ditoso que jamais rira.

5

"Ora essa, está chovendo!" E ali parado ficou a olhar as salpicaduras da pancada de água e o fulgor das folhas molhadas. Era um daqueles chuviscos estivais que fazem ressaltar fragrantes aromas.

"Sim… mas por que não estaria?", perguntou o seu companheiro.

"Bem… porque é tão encantador. Tão exato e preciso."

"Mas tudo *é*. Não é por isso que estamos aqui?"

"Certamente", disse Dane; "só que eu estava vivendo na ilusória suposição de que temos aqui, de uma ou de outra maneira, um clima."

"Eu também, e atrevo-me a dizer que todos os demais. E não é isso uma bem-aventurada moral?… vivermos em ilusórias suposições? Elas nos vêm com tanta facilidade aqui, onde nada as contradiz." O bom irmão tinha o olhar placidamente voltado para diante de si — Dane podia antecipar-lhe a frase. "Um clima não consiste em nunca chover, consiste?"

"Não, acho que não. Mas de certo modo boa parte do bem-estar que tenho sentido advém da grande e confortadora ausência de todos aqueles atritos de que a questão do tempo é a principal componente… advém em grande parte do perpétuo e agradável banho de ar."

"Ah, sim… isso não é uma ilusão; mas talvez a sensação venha em parte de respirarmos um ambiente mais vazio. Há menos coisas *dentro* dele! Deixe as pessoas entregues a si mesmas, em todo caso, e é para o ar livre que elas vão. Já para os espaços confinados e abafadiços elas têm de ser forçadas a ir. Também tenho — acho que todos devemos ter — uma funda atração pelo clima do Sul."

"Mas imagine-o", disse Dane, a rir, "nas nossas queridas ilhas Britânicas e perto como estamos de Bradford!"

Seu amigo era suficientemente ágil para imaginar. "De Bradford?", perguntou, em nada perturbado. "A que distância?"

O regozijo de Dane aumentou. "Oh, não tem importância!"

Seu amigo aceitou sem desconcerto a ponderação. "Há coisas por deslindar… de outro modo, seria monótono. Acho que se pode deslindá-las."

"Isso porque estamos tão bem-dispostos", disse Dane.

"Exatamente… vemos o lado bom de tudo."

"De tudo", prosseguiu Dane. "As condições levam a isso… elas nos determinam."

Retomaram a caminhada, o que evidentemente implicava, de parte do bom irmão, infinita concordância. "Elas são provavelmente muito simples na realidade, não acha?", perguntou ele então. "Será que o segredo não é a simplificação?"

"Sim, mas aplicada com tanto tato!"

"Aí é que está. O lugar é tão perfeito que está aberto a tantas interpretações quanto qualquer outra grande obra — um poema de Goethe, um diálogo de Platão, uma sinfonia de Beethoven."

"Você quer dizer que simplesmente se mantém em silêncio", disse Dane, "e nos deixa dar-lhe nomes?"

"Sim, mas nomes tão ternos. Somos *hóspedes* de algum... algum encantador anfitrião ou anfitriã que nunca aparece."

"É a mansão da liberdade... em sentido pleno", concordou Dane.

"Sim... ou um lar para convalescentes."

A isso, todavia, contrapôs-se Dane. "Ah, não me parece que esse nome o descreva bem. Você não estava *doente*... estava? Quanto a mim, seguramente não. Eu estava, como se costuma dizer, *terrivelmente bem*!"

O bom irmão perguntou-se. "Mas e se não pudéssemos manter o alto nível...?"

"O que não poderíamos seria *baixá-lo*, e isso é que importa!"

"Compreendo... compreendo." O bom irmão suspirou satisfeito; após o que insistiu com benévolo humor: "É uma espécie de jardim de infância!".

"Só falta você dizer que somos crianças de peito!"

"De uma grande meiga invisível mãe que se estende no espaço e cujo regaço é o vale todo…?"

"E seu peito", Dane completou a imagem, "a nobre eminência de nossa colina? Isso serve; serve tudo quanto dê conta do fato essencial."

"E o que é que chama de fato essencial?"

"Ora, que — como outrora à beira dos lagos suíços — estamos *en pension*."

O bom irmão pegou mansamente a deixa. "Eu me lembro… eu me lembro: sete francos por dia sem vinho! Mas, ai!, a pensão aqui custa mais que sete francos."

"Sim, muito mais", Dane teve de reconhecer. "Talvez não seja particularmente barata."

"E, no entanto, você diria que é particularmente cara?", perguntou-lhe o amigo ao cabo de um instante.

George Dane teve de refletir. "Como vou saber, afinal de contas? Que prática jamais tivemos de estimar o inestimável? Barateza não é a nota específica que ouvimos soar aqui a nossa volta; mas não adotamos naturalmente a opinião de que *deve* haver um preço para algo tão espantosamente são?"

O bom irmão refletiu por sua vez. "Incidimos na perspectiva de que deve dar lucro… de que dá lucro."

"Oh, sim: dá lucro sim!", repetiu Dane, veementemente. "Se não desse, não iria durar. E *tem* de durar, claro!", declarou.

"Para que possamos voltar?"

"Sim... imagine saber que se possa!"

Detiveram-se novamente e, olhando um para outro, pensaram no que acabava de ser dito, ou fingiram pensar; pois o que lhes transluzia de fato no olhar era o temor de perder uma pista. "Oh, quando de novo o desejarmos, tornaremos a encontrá-lo", disse o bom irmão. "Se o lugar realmente der lucro, continuará funcionando."

"Sim, e nisso é que está a beleza da coisa; que não é mantida, graças aos céus, apenas por amor."

"Sem dúvida, sem dúvida; e no entanto, graças aos céus, há amor também nela." Tinham se demorado ali como se, expostos ao ar brandamente úmido, estivessem encantados com o tamborilar da chuva e com o modo como o jardim a sorvia. Após um momento, contudo, mais parecia que estivessem tentando dissuadir-se um ao outro de um leve acesso de temor. Viam a crescente violência da vida e o reaparecimento da necessidade, e perguntavam-se concomitantemente se a volta à frente de batalha quando soasse com estridência a hora deles não iria assinalar o fim do sonho. Seria aquele acaso um limiar que, ao fim e ao cabo, só podia ser transposto em sentido único? Eles teriam de voltar à luta mais cedo ou mais tarde — isso era certo: a hora de cada um haveria de soar. A flor estaria colhida e a partida pregada — as areias, em suma, teriam corrido.

Lá fora, no devido lugar, *estava* a vida — com toda a sua violência; a vaga inquietude da necessidade de ação a reconhecia; reavivava-se e reconsagrava-se essa faculdade. Assim confrontados, ambos pareceram fechar os olhos por um instante, tomados de vertigem; logo em seguida voltaram a tranquilizar-se e a confiança do irmão fez-se voz. "Oh, nós nos encontraremos!"

"Aqui mesmo, quer dizer?"

"Sim… e creio que também no mundo."

"Mas não nos reconheceremos nem saberemos", disse Dane.

"No mundo, quer dizer?"

"Nem no mundo nem aqui."

"Nem um pouco… nem um pouquinho, você acha?"

Dane ponderou a questão. "Bem, tanto assim que acho melhor permanecermos unidos. Vamos ver, contudo."

Seu amigo concordou, satisfeito. "Vamos ver." E, em despedida, o irmão lhe estendeu a mão.

"Já vai?", Dane perguntou-lhe.

"Não, mas pensei que *você* fosse."

Era esquisito, mas a essas palavras a hora de Dane pareceu soar — e sua consciência cristalizar-se. "Bem, sim. Tive um aviso. Você vai ficar?", acrescentou.

"Mais um pouco."

Dane hesitou. "Não teve nenhum aviso?"

"Não inteiramente… mas acho que está prestes a vir."

"Ótimo!" Dane segurou-lhe a mão e lhe deu uma sacudidela final; nesse momento, o sol tornou a brilhar através da chuva, que ainda continuava a cair mais ao longe e parecia tamborilar com mais força na claridade. "Veja... que encanto!"

O irmão olhou por um instante de sob a alta arcada — depois voltou novamente o rosto para o nosso amigo. Deu desta vez seu mais longo e ditoso suspiro. "Oh, está tudo bem!"

Mas por que seria, Dane se perguntou após um momento, que no ato da separação a sua mão fora tão longamente retida? Seria por causa de um estranho e imediato fenômeno de mudança no rosto do seu companheiro — mudança que lhe deu uma identidade diversa, porém mais acentuada e sobretudo muito mais familiar, uma identidade não bela, mas a cada instante mais distinta, a identidade do seu criado, com especial destaque dessa propriedade pública que eram os traços fisionômicos de Brown? A tal anomalia os olhos de Dane se foram abrindo devagar; não era o seu bom irmão, era verdadeiramente Brown que lhe segurava a mão. Se seus olhos tiveram de abrir-se era porque haviam estado fechados e porque a Brown parecera melhor que ele despertasse. Até aí Dane compreendeu a situação, mas a consequência de compreendê-la foi uma recaída na escuridão, uma retração das pálpebras que durou o bastante para dar tempo a Brown de reconsiderar, retirar a mão e afastar-se em silêncio. Dane teve consciência a seguir do desejo de certificar-se de que ele se *fora*, e tal desejo logrou de algum modo dissipar a obscuridade. A obscuridade sumira de vez à altura em que as costas de uma pessoa escrevendo em sua mesa de trabalho se lhe tornaram visíveis. Reconheceu nelas parte de uma figura que havia descrito algures a alguém — os ombros absortos do frustrado jovem que viera para o desjejum naquela manhã aziaga. Era estranho, refletiu por fim, mas o jovem continuava ali. Há quanto tempo ali estava — dias, semanas, meses? Continuava exatamente na mesma posição em que Dane o vira da última vez. Tudo — estranhamente — continuava na mesma exata posição; tudo a não ser a claridade da janela, que vinha de outro quadrante e assinalava uma hora diferente. Já não era logo após o desjejum; era após... bem, o quê? E no entanto — muito literalmente — só havia duas outras diferenças. Uma era ele estar ainda no sofá em que ora jazia; outra, o tamborilar da chuva na vidraça que lhe evidenciava ter a chuva — a chuvarada da noite — recomeçado. Era a chuva da noite; contudo, quando a ouvira da última vez? Só dois minutos antes? Então, quantos se passaram antes de o jovem sentado à mesa, que parecia intensamente ocupado, achar um momento e voltar-se para ele, vê-lo de olhos abertos, erguer-se da cadeira e aproximar-se?

"O senhor dormiu o dia inteiro", disse o jovem.

"O dia inteiro?"

O jovem consultou o relógio. "Das dez às seis. Estava enormemente cansado. Depois de um pouco, deixei-o a sós, e o senhor logo desligou." Sim, era isso; ele estivera "desligado" desligado, desligado. Começou a entender as coisas: enquanto ficara desligado, o jovem ficou ligado. Mas havia ainda umas poucas confusões; Dane continuou deitado, de olhos erguidos. "Está tudo feito", acrescentou o jovem.

"Tudo?"

"Tudo."

Dane tentou entender a situação, mas perturbou-se e só conseguiu dizer em voz débil e bastante despropositadamente: "Eu me senti tão feliz!".

"Eu também", disse o jovem. Realmente parecia estar feliz; ao se dar conta disso, George Dane surpreendeu-se novamente e aí, na sua admiração, viu no rosto dele um outro rosto, como se de fato fosse, intrigantemente, uma outra pessoa. Todos eram um tanto outros. Quando se perguntou que outro era o jovem, este benfeitor, impressionado com a expressão de súplica em seus olhos, exclamou com renovada e total animação: "Está tudo bem!". Isso respondia à pergunta de Dane; o rosto era o mesmo com que o bom irmão o encarara lá no pórtico enquanto ambos ouviam o tamborilar da chuva. Tudo era muito estranho, mas muito agradável e distinto, tão distinto que as últimas palavras em seus ouvidos — as mesmas de ambos os lados — davam a impressão de uma só voz. Dane se levantou e olhou em derredor do aposento, que lhe pareceu desatravancado, diferente, duas vezes maior. *Estava* tudo bem.

A BELA ESQUINA

I

"Todos me perguntam o que *acho* de tudo", disse Spencer Brydon; "e eu respondo como posso — incorrendo em petição de princípio ou fugindo da pergunta, despistando-os com algum disparate. Para nenhum deles teria maior importância a resposta", acrescentou, "pois, mesmo que fosse possível replicar na bucha a pergunta tão tola acerca de assunto tão vasto, meus *pensamentos* diriam quase inteiramente respeito a alguma coisa que só a mim interessa." Ele falava à srta. Staverton; fazia já alguns meses que aproveitava todas as possíveis ocasiões de conversar com ela, cuja boa disposição e reserva se constituíam num conforto e num apoio que, dada a situação com que ele se defrontava, haviam prontamente assumido o primeiro lugar no rol de surpresas, em boa medida não atenuadas, que o aguardavam no seu regresso, tão estranhamente retardado, aos Estados Unidos. De certo modo, cada coisa o surpreendia, o que não deixava de ser natural no caso de quem negligenciara tudo tão longa e sistematicamente; de quem se dera ao trabalho de oferecer às surpresas tal margem de ação. Dera-lhes mais de trinta anos para isso — trinta e três anos, para sermos exatos; e elas agora lhe pareciam haver organizado seu desempenho na medida de semelhante licença. Deixara Nova York aos vinte e três anos de idade — tinha agora cinquenta e seis: a menos que fosse contar, como algumas vezes o fizera desde sua repatriação, quantos anos sentia ter; nesse caso, teria vivido mais do que ao homem é consentido viver. Teria sido preciso um século, dizia ele repetidamente a si próprio e também a Alice Staverton, teria sido necessária uma ausência mais longa e um espírito mais distanciado do que aqueles de que fora culpado, para acumular as diferenças, as novidades, as estranhezas, e sobretudo as grandezas, para melhor ou para pior, que atualmente lhe agrediam a vista para onde quer que olhasse.

O fato principal, contudo, fora a incalculabilidade, já que ele supusera, de década a década, estar levando em conta, da maneira mais liberal e inteligente, o esplendor da mudança. Agora via que não levara coisa alguma em conta; não encontrava o que contava por certo encontrar, encontrava o que nunca teria imaginado. Proporções e valores estavam de pernas para o ar; as coisas feias que esperara, as coisas feias de sua distante juventude, quando prontamente havia despertado para o sentido da feiura — tais fantásticos fenômenos agora casualmente o enfeitiçavam; ao passo que as coisas de "bazófia", famosas, modernas, monstruosas, as coisas que, como milhares de ingênuos curiosos, todo ano, viera expressamente ver, eram agora precisamente as fontes de sua consternação. Eram como armadilhas de desprazer, de reação sobretudo, cuja mola armada o seu irrequieto caminhar estava sempre disparando. Era indubitavelmente interessante, o espetáculo todo, mas teria sido muito desconcertante se uma certa verdade mais sutil não houvesse salvado a situação. À sua luz mais firme, ele não viera *expressamente* por causa das monstruosidades; viera, não apenas em última análise mas principalmente em face do ato, trazido por um impulso que nada tinha a ver com elas. Viera — para dizer a coisa pomposamente — olhar a sua "propriedade", da qual se mantivera, por um terço de século, a seis mil quilômetros de distância; ou, para dizê-lo de modo menos sórdido, cedera ao capricho de rever a sua bela casa de esquina, como habitual e afetuosamente a chamava — a casa em que vira pela primeira vez a luz do dia, na qual diversos membros de sua família tinham vivido e morrido, onde passara as férias de sua meninice hiperescolarizada e onde as poucas flores sociais de sua gélida adolescência se haviam congregado, casa alienada dele por tão longo período, e cuja inteira posse, em virtude das mortes sucessivas de seus dois irmãos e da conclusão de antigos arranjos, ora lhe viera às mãos. Era também proprietário de outra edificação, não tão "boa" — de vez que a bela esquina fora, havia muito, grandemente ampliada; e o valor das duas propriedades representava o grosso do seu capital, com uma renda que, nos últimos anos, consistia em seus respectivos aluguéis, os quais (graças precisamente ao excelente padrão original de ambas) nunca foram deprimentemente baixos. Ele podia viver na "Europa", como se habituara a viver, com a renda desses florescentes aluguéis nova-iorquinos, tanto mais que os da segunda propriedade, pelo simples número de sua longa fileira de habitações e a circunstância de vencerem no prazo de doze meses, puderam ser renovados com um belo acréscimo do adiantamento.

Ambos eram igualmente bens de raiz, mas, desde que chegara, ele havia começado a fazer, mais que nunca, distinções entre um e outro. A propriedade no meio do quarteirão, dois altos blocos voltados para oeste e em fase de reforma, ia converter-se num conglomerado de apartamentos; ele havia concordado, algum tempo atrás, com as propostas para essa conversão — da qual, agora que estava em curso, ele de chofre pudera, ainda que sem nenhuma experiência prévia e para seu próprio espanto, participar com certa proficiência e até mesmo com certa autoridade. Vivera toda a sua vida de costas voltadas para preocupações que tais e de rosto voltado para outras de tão diversa ordem que mal sabia o que fazer dessa vívida aparição, num compartimento de sua mente nunca até então penetrado, de um pendor para os negócios e de um jeito para a construção. Tais virtudes, tão comuns agora à sua volta, haviam se mantido dormentes em seu próprio organismo — onde dormiam, poder-se-ia talvez dizer, o sono dos justos. Presentemente, no esplêndido clima de outono — o outono era pelo menos uma clara dádiva naquele terrível lugar —, ele vadiava sem impedimentos pela sua "obra", secretamente agitado, em nada "preocupado" com que esse tipo de empresa fosse, como diziam, vulgar e sórdido, e sempre pronto a subir escadas, a caminhar por pranchas, a lidar com materiais de construção e a mostrar-se entendido neles, em suma, a fazer perguntas, contestar explicações e a "meter-se" realmente com números.

Isso não só o divertia como verdadeiramente o encantava; da mesma maneira, divertia ainda mais Alice Staverton, embora talvez a encantasse visivelmente menos. De qualquer modo, não a iria enriquecer como enriquecia a *ele* — e de modo tão surpreendente: ele sabia que nada seria de molde a torná-la agora mais rica, a ela que, no entardecer da vida, era dona e inquilina delicadamente frugal de uma casinha na praça Irving à qual sutilmente lograra manter-se fiel ao longo de sua quase ininterrupta permanência em Nova York. Se ele conhecia o caminho até lá melhor do que qualquer outro endereço entre tantos números, assustadoramente multiplicados, que lhe pareciam reduzir o lugar todo a um vasto livro-razão, excessivo, fantástico, de linhas e algarismos entrecruzados — se formara, para seu consolo, o hábito de lá ir, havia sido sobretudo por causa do encanto de ter encontrado e reconhecido, no vasto ermo do a granel, aflorando por entre a mera e grosseira generalização de riqueza, força e sucesso, um pequeno local tranquilo onde particularidades e matizes, coisas pequenas e delicadas guardavam a nitidez das notas de uma voz de soprano bem adestrada, e onde a economia pairava como o aroma de um jardim. A sua velha amiga vivia com uma única criada e era ela própria quem espanava suas relíquias, espevitava seus candeeiros e polia suas pratas: sempre que possível, mantinha-se longe do horrendo acotovelamento moderno, mas saía a campo para batalhar quando o desafio era de fato ao "espírito", espírito que ao fim e ao cabo ela confessava, com orgulho e certa timidez, ser o de tempos melhores, do *seu* período e ordem social bastante remotos, antediluvianos, que ela compartilhava com ele. Em caso de necessidade, chegava a fazer uso dos bondes elétricos, essas coisas terríveis que as pessoas disputavam como os passageiros em pânico disputam, no mar, os botes do navio. Enfrentava, inescrutavelmente, obrigada pelas circunstâncias, todos os abalos e provações públicas: fazia-o no entanto com a esguia e desorientadora graça da sua aparência, que desafiava as pessoas a dizerem que se tratava de uma mulher jovem e elegante que parecia ter mais idade devido às preocupações, ou de uma mulher de idade, fina e cortês, que parecia jovem por via de uma indiferença bem togada; com as suas preciosas referências a lembranças e histórias que ele podia partilhar, ela lhe parecia tão requintada como uma pálida flor seca (uma raridade, aliás), e, à falta de outras doçuras, era uma recompensa satisfatória do seu empenho. Tinham uma comunhão de conhecimento, do "seu" conhecimento (este pronome possessivo discriminador estava sempre nos lábios dela) de presenças de outra época, presenças obscurecidas de todo, no caso dele, por sua experiência de homem e por sua liberdade de nômade; obscurecidas por prazeres, por infidelidades, por passagens de vida que eram estranhas e indistintas para ela; pela "Europa" em suma, mas ainda não obscurecidas, ainda visitadas e acalentadas sob tal piedosa visitação do espírito do qual ela nunca se apartara.

Ela fora ver, em companhia dele, como estavam indo as obras do seu "edifício de apartamentos"; ele a ajudara a transpor buracos e lhe explicara as plantas, e enquanto lá estavam aconteceu de ele travar, na presença dela, uma breve mas vivaz discussão com o encarregado, o representante da firma construtora que assumira a obra. Ele se sentira bastante "à altura" desse personagem a propósito de uma falha, por parte deste, de observar algum pormenor de uma das condições estipuladas; defendera tão lucidamente o seu ponto de vista que, a par de enrubescer lindamente, na ocasião, de simpatia pelo triunfo dele, ela lhe dissera depois (se bem que dando uma leve impressão de ironia) que ele havia obviamente negligenciado por muitos anos um verdadeiro dom. Se tivesse continuado em sua pátria, teria antecipado o inventor do arranha-céu. Se tivesse continuado em sua pátria, teria descoberto o próprio gênio em tempo hábil para iniciar alguma nova e horrenda variedade de lebre arquitetônica e seguir-lhe o rastro até que se fosse entocar numa mina de ouro. Ele iria lembrar-se dessas palavras, à medida que as semanas passassem, por causa do leve e argentino tinido que haviam feito soar por sobre as mais excêntricas e graves das suas próprias vibrações, ultimamente tão desfiguradas e tão abafadas.

Principiara a impor-se a ele, esse caprichoso e singular prodígio, logo após a primeira quinzena, quando irrompera com uma brusquidão das mais excêntricas: viera ao seu encontro lá — e essa era a imagem por via da qual ele próprio encarara a questão, impressionado, e não pouco, com ela — exatamente como se ele tivesse deparado com alguma estranha figura, algum inesperado ocupante da casa, ao enfiar por uma passagem sombria de uma casa vazia. A curiosa analogia gravou-se em sua mente de maneira obsedante, se é que ele não a exacerbou numa versão ainda mais intensa: a de abrir uma porta atrás da qual se houvesse certificado de não encontrar nada, uma porta que desse para um quarto vazio e entaipado, e no entanto, ali entrando, deparar, com um fundo sobressalto reprimido, uma presença bem ereta, algo postado no meio do aposento, a fitá-lo através da penumbra. Após aquela visita à casa em construção, ele se encaminhara, com a sua companheira, até a outra, tão melhor, que formava, na direção leste, uma das esquinas, a "bela" esquina precisamente, da rua, ora tão aviltada e desfigurada em seu prolongamento para oeste, com a Avenida comparativamente conservadora. Como dizia a srta. Staverton, a Avenida ainda tinha pretensões de respeitabilidade; a gente antiga fora embora quase toda, os nomes antigos eram desconhecidos, e aqui e ali um velho conhecido parecia vagar extraviado, como uma pessoa muito idosa, fora de casa a desoras, a quem encontrássemos casualmente e nos sentíssemos inclinados a observar ou seguir, num impulso de bondade, para guiá-la em segurança até seu abrigo.

Entraram juntos, nossos amigos; ele próprio abriu a porta com sua chave: não mantinha ninguém ali, explicou, pois tinha razões de preferir deixar a casa vazia; fizera um arranjo com uma caseira que morava ali perto e que vinha uma hora por dia abrir janelas, espanar e varrer o local. Spencer Brydon tinha mesmo as suas razões das quais se ia tornando mais e mais cônscio; elas lhe pareciam melhores cada vez que lá ia, embora não as enumerasse todas à sua companheira, assim como não lhe disse tampouco com quanta frequência, com quanta absurda frequência ele próprio costumava lá ir. Só a deixou ver então, enquanto caminhavam pelos grandes aposentos vazios, que reinava uma absoluta vacuidade na casa e que, de alto a baixo, nada havia ali, afora a vassoura da sra. Muldoon, capaz de tentar um ladrão. A sra. Muldoon estava aliás presente nessa ocasião e atendeu loquazmente os visitantes, indo-lhes à frente de aposento em aposento, abrindo postigos e erguendo vidraças — tudo isso para mostrar-lhes, como assinalou, quão pouco de ver havia ali. Com efeito, restava pouco que ver na vasta e desolada carcaça onde a distribuição e divisão geral de espaços, no estilo de uma época de mais amplas tolerâncias, tinham não obstante para o seu proprietário uma honesta mensagem de solicitação que o tocava tanto como o pedido, por parte de algum velho e honrado servidor, algum dependente vitalício, de uma carta de referência ou até mesmo de uma pensão de aposentado; no entanto, o reparo da sra. Muldoon era de que, por mais que lhe agradasse servi-lo na sua ronda diurna, havia um pedido que ela esperava ardentemente ele jamais chegasse a fazer-lhe. Se, por qualquer razão, desejasse que ela viesse após escurecer, ela se veria forçada a dizer-lhe que, "pur favor", fosse pedir isso a outra pessoa.

O fato de nada haver ali que se visse não excluía, para a excelente senhora, o que se *pudesse* ver, e ela declarou francamente à srta. Staverton que não era de esperar que uma senhora gostasse, e como gostaria?, de "subir apalpando até o andar de cima nas horas más". O gás e a eletricidade haviam sido desligados, e ela evocou uma horrenda visão de sua peregrinação pelos vastos e desolados aposentos — e tantos que eram! — à luz bruxuleante de uma vela. A srta. Staverton enfrentou a fixidez do olhar da sra. Muldoon com um sorriso e com a confissão de que ela própria certamente recusaria meter-se numa tal aventura. Entrementes, Spencer Brydon calava-se — momentaneamente; a questão das "más" horas em sua velha casa já se tornara grave demais para ele. Havia algum tempo que começara a andar "apalpando" e sabia bem por que um pacote de velas para tal fim fora guardado, pela sua própria mão, três semanas atrás no fundo de uma gaveta do velho e fino aparador que ocupava, como um "acessório", o recesso fundo da sala de jantar. De momento, ele riu para as suas companheiras — e cuidou de mudar logo de assunto; em primeiro lugar porque seu riso o impressionou naquele momento como se houvesse despertado o estranho eco, a ressonância humana consciente (ele dificilmente saberia de que modo qualificá-lo) que os sons despertavam em seu ouvido ou em sua fantasia quando ali estava sozinho; em segundo lugar porque imaginava que Alice Staverton estivesse a pique de lhe perguntar, divinatoriamente, se ele andara rondando pela casa. Havia adivinhações para as quais ele não estava preparado e, fosse como fosse, tratou de evitar perguntas à altura em que a sra. Muldoon os deixara a sós, encaminhando-se para outros aposentos.

Felizmente havia muito que dizer, de modo franco e desembaraçado, num lugar consagrado como aquele; uma enfiada de considerações foi desencadeada pela observação feita pela sua amiga, após olhar enternecidamente à volta: "Espero que não vá me dizer que eles querem que você consinta em pôr abaixo *este* lugar!". A resposta dele veio prontamente, com reavivada cólera: era, claro, exatamente o que queriam e o motivo pelo qual estavam "em cima" dele todo dia, com a insistência de gente totalmente incapaz de compreender o apego de uma pessoa a sentimentos dignos. Encontrava naquele lugar, tal como estava e mais do que o poderia exprimir, uma fonte de interesse e de alegria. Havia outros valores acima do infame valor de aluguel, e em suma, em suma...! Mas foi a srta. Staverton que prosseguiu: "Em suma, você vai fazer do seu arranha-céu tão bom negócio que, vivendo faustosamente com *aqueles* ganhos mal adquiridos, poderá se dar ao luxo de, por algum tempo, ser sentimental em relação a esta casa!". O sorriso, tanto quanto as suas palavras, tinha aquela branda e peculiar ironia que ele descobria em boa parte da conversa dela; uma ironia sem amargor, que advinha precisamente de ela possuir tanta imaginação — bem diversa, nisso, dos sarcasmos vulgares com que tantas pessoas de "sociedade" ambicionavam adquirir uma reputação de sagacidade perante gente que não tinha em realidade nenhuma. Era-lhe grato, naquele preciso momento, assegurar-se de que, depois de ele ter respondido, ao fim de breve hesitação: "Bem, sim: pode-se dizer mesmo isso!", a imaginação dela continuaria a fazer-lhe justiça. Ele explicou que, mesmo que um só dólar jamais lhe viesse da outra propriedade, não deixaria de ter um grande carinho por esta; e insistiu, enquanto iam adiante a passo vagaroso, no fato da estupefação que já provocava, na incontestável perplexidade que sabia estar criando.

Falou do valor que discernia em tudo ali, na mera visão das paredes, no mero formato dos aposentos, no mero som dos assoalhos, na mera sensação de suas mãos ao tocar as velhas maçanetas prateadas das várias portas de mogno, que sugeriam a pressão das palmas dos mortos: nos setenta anos de passado que, em conclusão, essas coisas representavam, anais de quase três gerações, contando a do seu bisavô, que ali tinha findado, e as cinzas impalpáveis da sua juventude, há tanto extinta, pairando no ar como microscópicos grãos de poeira. Ela ouviu tudo isso; era uma mulher que respondia interiormente mas jamais tagarelava. Não difundia, pois, nuvens de palavras à sua volta; podia assentir, podia aquiescer, podia sobretudo encorajar, sem precisar fazer isso. Só no final é que ela foi mais longe do que ele. "Então, como há de saber? Talvez você deseje, afinal de contas, viver aqui." Tal consideração o fez deter-se, porque não era o que estivera pensando, pelo menos no sentido das palavras dela. "Você quer dizer que eu posso decidir-me a ficar por causa da casa?"

"Ora, com uma casa *assim*...!" Mas felizmente ela possuía demasiado tato para pôr o pingo num *i* tão monstruoso, o que era uma precisa ilustração da sua ausência de tagarelice. Como poderia uma pessoa — com um mínimo de tino — insistir em que alguém "desejasse" viver em Nova York?

"Oh", disse ele, "eu *poderia* ter vivido aqui (já que tive essa oportunidade bem cedo na vida); poderia ter permanecido aqui todos estes anos. Então, tudo teria sido muito diferente... eu diria até muito *curioso*. Mas isso é um outro assunto. E a beleza da coisa — quero dizer, da minha perversidade, da minha recusa em *negociar* — está na total ausência de um motivo. Não percebe que, se eu tivesse qualquer motivo no tocante ao assunto, haveria de ser do outro lado, ou seja, inevitavelmente, uma questão de dólares? Não há outro motivo no caso, *a não ser* dólares. Portanto, cumpre não ter motivo algum — nem o fantasma de um."

Estavam então de volta ao vestíbulo, prontos para ir embora, mas de onde se haviam detido a vista era ampla: por uma porta aberta divisavam o grande salão quadrado, o salão principal, com o conforto dos largos espaços entre as janelas. Os olhos dela desviaram-se daquela extensão e encontraram os dele por um instante. "Está mesmo certo de que o *fantasma* de um não serviria bem...?"

Ele teve a sensação bem definida de haver empalidecido. Mas era o máximo até onde iriam, na ocasião. Pois respondeu, ou achou assim responder, com um olhar entre reservado e risonho: "Oh, fantasmas... claro que este lugar deve estar cheio deles! Eu ficaria envergonhado se não estivesse. A pobre da sra. Muldoon tem razão, e foi por isso que lhe pedi que só desse uma espiada por aqui".

O olhar da srta. Staverton fez-se novamente cismarento e estava claro que as coisas que ela não disse iam e vinham-lhe na mente. Ela poderia ter imaginado que lá no primoroso aposento se estivesse vagamente congregando, naquele instante, alguma forma. Simplificada como a máscara mortuária de um belo rosto, talvez lhe produzisse então efeito semelhante ao surgimento de uma expressão na rigidez do gesso comemorativo. Contudo, fosse qual fosse a sua impressão, ela emitiu tão só uma vaga trivialidade. "Bem, se ao menos estivesse mobiliada e habitada...!"

Parecia dar a entender que se a casa ainda estivesse mobiliada talvez ele se mostrasse um pouco menos avesso à ideia de regresso. Mas ela atravessou o vestíbulo, como se a deixar atrás de si as palavras que pronunciara, e logo depois ele abria a porta de entrada e se postava ao lado dela nos degraus. Fechou a porta e enquanto guardava a chave no bolso, olhando para cima e para baixo, ambos assumiram a, por comparação, áspera atualidade da Avenida, que fez lembrar a ele a investida da luz externa do Deserto sobre o viajante que emergia de uma tumba egípcia. Mas, antes de descerem até a rua, ele atreveu-se a dar a resposta, que até ali reprimira, à fala dela. "Para mim, a casa *está* habitada. Para mim *está* mobiliada." Diante disso, foi fácil a ela suspirar: "Ah, sim...!", de modo muito vago e discreto; já que os pais dele e a sua irmã favorita, para não mencionar outros parentes, numerosos, tinham ali passado a existência e ali morrido. Isso representava inapagável vida contida entre aquelas paredes.

Foi alguns dias depois disso que, durante uma hora passada com ela, exprimira ele sua impaciência com a curiosidade demasiado lisonjeira — entre as pessoas que encontrava — acerca da sua opinião sobre Nova York. Ele não chegara absolutamente a nada que fosse socialmente apresentável, e, no tocante ao seu "pensar" (pensar o melhor ou o pior do que quer que fosse dali), ele estava inteiramente absorvido por um só assunto. Tratava-se de mero e vão egoísmo e, mais que isso, se ela assim quisesse, de mórbida obsessão. Ele verificara que tudo confluía para a questão do que ele poderia pessoalmente ter sido, como teria levado a sua vida e no que se teria tornado, caso não houvesse, desde o começo, desistido de ali permanecer. E, confessando pela primeira vez o quão intensamente tal absurda especulação o dominava — demonstrando também, de maneira indubitável, o hábito de um pensar por demais egoísta —, ele afirmava a impotência, ali, de qualquer outra fonte de interesse, de qualquer outro atrativo local. "Que teria sido feito de mim, que teria sido feito de mim? Fico sempre cogitando nisso, como um idiota; como se me fosse possível saber! Vejo o que foi feito de tantas outras pessoas, as que encontro; e me dói, positivamente me dói, a ponto de exasperar, que poderia ter feito de mim algo parecido. Só que não consigo figurar *o quê*, e a preocupação com isso, o pequeno acesso de curiosidade fadada a nunca ser satisfeita, me traz de novo à mente aquilo que recordo ter sentido, uma ou duas ocasiões, quando achei mais sensato, por certas razões, queimar algumas cartas importantes não abertas. Lamentei, odiei tal decisão... eu nunca soube o que havia nas cartas. Você pode dizer, claro, que são ninharias...!"

"Não estou dizendo que sejam ninharias", atalhou a srta. Staverton em tom grave.

Ela estava sentada ao lado de sua lareira e, de pé diante dela, ele se dividia, inquieto, entre a intensidade da sua ideia e uma intermitente, distraída inspeção, através do monóculo, dos antigos pequenos estimados objetos do rebordo da lareira. A interrupção o fez fitá-la por um instante com olhar mais duro. "Eu não me importaria se dissesse!", retrucou-lhe a rir, contudo; "E é apenas um modo figurado de descrever o que sinto agora. *Não* ter persistido na rota perversa de minha juventude... e, poderia dizer, quase a despeito da praga de meu pai; não ter continuado nela, desde aquela época até hoje, sem qualquer dúvida ou angústia; não a ter sobretudo preterido, não a ter amado, amado muito, com tal insondável presunção da minha preferência pessoal: algum desvio *disso*, quero dizer, haveria de produzir algum efeito diverso na minha vida e na minha *forma*. Eu devia ter ficado — se tivesse sido possível; e eu era demasiado jovem, aos vinte e três anos, para decidir, *pour deux sous*, se *era* ou não possível. Se tivesse esperado, poderia ter visto que era, e poderia então, ficando aqui, ter estado mais perto de algum desses tipos que foram tão malhados e tão afiados por suas condições de vida. Não que eu os admire muito — a questão de algum encanto neles, de outro encanto que não fosse a repelente paixão do dinheiro que suas condições *lhes* suscitaram, nada tem a ver com o assunto; trata-se antes da questão de que fantástico, e no entanto perfeitamente possível desenvolvimento de minha natureza eu posso ter perdido. Ocorre-me que eu tinha então um estranho alter ego nalgum ponto das minhas profundezas, assim como o pleno desabrochar da flor está infuso no pequeno e concentrado botão, e que, ao transferi-lo para outro clima, fi-lo malograr de uma vez por todas."

"E você se pergunta pela flor", disse a srta. Staverton. "Eu também, se quer mesmo saber; e tenho me perguntado todas estas semanas. Acredito na flor", prosseguiu ela. "Sinto que ela teria sido deveras esplêndida, deveras extraordinária e monstruosa."

"Monstruosa, mais que tudo!", repetiu o seu visitante; "E imagino, pela mesma razão, deveras hedionda e repelente."

"Você não acredita nisso", retrucou ela; "se acreditasse, não ficaria a perguntar-se. Saberia, e isso seria o bastante. O que você sente — e o que eu sinto *por* você — é que teria tido poder."

"E você teria gostado de mim se assim fosse?", perguntou ele.

Ela mal hesitou. "Como poderia não ter gostado de você?"

"Compreendo. Teria gostado, teria preferido que eu fosse um bilionário!"

"Como poderia eu não ter gostado de você?", limitou-se ela a repetir.

Ele permaneceu calado — a pergunta o imobilizava. Aceitou-a pelo que era e o fato de não a ter recebido de outro modo era prova disso. "Sei pelo menos o que sou", prosseguiu ele singelamente; "o outro lado da medalha é bastante claro. Não tenho sido edificante — creio que muita gente julga que mal tenho sido decente. Segui estranhos caminhos e cultuei estranhos deuses; deve ter ocorrido a você repetidas vezes — na verdade, você chegou a me dizer isso — que nestes trinta anos venho levando uma vida egoisticamente frívola e escandalosa. E veja você o que ela fez de mim."

Ela continuou a fitá-lo sorridente. "Veja o que ela fez de *mim*."

"Oh, você é o tipo de pessoa que ninguém poderia ter mudado. Nasceu para ser o que é, fosse onde fosse, fosse como fosse: você tem uma perfeição que nada conseguiria desfigurar. E veja que, sem o meu exílio, eu não teria estado à espera até…?" Mas interrompeu-se, tomado de estranha angústia.

"O que há de importante para ver", atalhou ela prontamente, "é, ao que me parece, que ele não estragou coisa alguma. Não impediu que você viesse finalmente para cá. Não impediu isso. Não desvirtuou tampouco o seu modo de falar…" Nesse ponto, contudo, ela titubeou.

Ele ficou a pensar em tudo quanto a contida emoção dela podia significar. "Acredita então — que terrível — que sou tão bom quanto jamais o poderia ser?"

"Oh, não! Longe disso!" Ao dizer tais palavras, ela se ergueu da poltrona e aproximou-se dele. "Mas não me importa", acrescentou com um sorriso.

"Quer dizer que sou suficientemente bom?"

Ela refletiu um pouco. "Acreditará se eu lhe disser que sim? Isto é, se isso puser um ponto final na questão?" E então, como se lhe dando ostensivamente a perceber que ele iria recuar porque nutria alguma ideia de que, por absurda que fosse, não podia ainda abrir mão: "Oh, você tampouco se importa — mas por outro motivo: não se importa com nada além de você mesmo".

Spencer Brydon reconheceu que era verdade — que era de fato o que ele absolutamente professava. No entanto, fez uma ressalva importante. "*Ele* não é eu. É uma outra pessoa, totalmente outra. Mas eu o quero ver, quero sim", acrescentou. "E posso. E vou."

Os olhares de ambos se encontraram por um momento, enquanto ele percebia, por alguma coisa no dela, que ela adivinhara o estranho sentido do que ele acabava de dizer. Nenhum dos dois, porém, o explicitou de outra maneira, e a visível compreensão, por parte dela, sem qualquer sobressalto queixoso, sem qualquer troça fácil, comoveu-o mais que nada, fornecendo de pronto, à sua sufocada perversidade, um elemento que era como ar respirável. O que ela disse foi no entanto inesperado. "Bem, eu o *vi*."

"Você…?"

"Eu o vi num sonho."

"Oh, num *sonho*…!", exclamou ele, desalentado.

"Mas duas vezes seguidas", acrescentou ela. "Eu o vi como vejo você agora."

"Você então teve o mesmo sonho…?"

"Duas vezes seguidas", ela repetiu. "O mesmíssimo sonho."

Isso não só lhe falou um pouco mais como também lhe agradou. "Com que então sonhou comigo?"

"Ah, sonhei com *ele*!", corrigiu ela, sorrindo.

O olhar dele tornou a sondá-la. "Nesse caso, você sabe tudo a seu respeito." E como ela nada dissesse: "Qual a aparência do coitado?".

Ela hesitou, como se ele a estivesse pressionando tanto que, resistindo-lhe por razões pessoais, tinha de esquivar-se. "Eu lhe contarei noutra ocasião!"

2

Foi depois disso que passou a haver como que uma virtude, um refinado encanto, um absurdo e secreto frêmito, na singular forma de entrega dele à sua obsessão e de recorrência àquilo que cada vez mais acreditava fosse privilégio seu. Era para isso que estava vivendo nessas semanas — pois sentia realmente que a vida começava só depois de a sra. Muldoon sair de cena, quando, assegurando-se de estar sozinho e percorrendo a vasta casa do porão até o sótão, sabia estar na plena posse de si e, como tacitamente o exprimia, entregava-se aos seus impulsos. Às vezes vinha visitar a casa duas vezes ao dia; o momento que mais apreciava era o fim da tarde, no breve crepúsculo outonal; a hora a que mais e mais aspirava. Era então que lhe parecia poder, de maneira mais íntima, vaguear e ficar à espera, demorar-se e ouvir, sentir a sua aguçada atenção, nunca antes em sua vida tão aguçada assim, inteiramente voltada para a palpitação da grande casa vazia: preferia a hora do lusco-fusco e só ambicionava poder prolongar a cada dia o encantamento crepuscular. Mais tarde — raras vezes bem antes da meia-noite, mas então em prolongada vigília — ele espreitava com a sua vela bruxuleante; movimentando-se devagar, pondo-a bem alto, rejubilando-se sobretudo, tanto quanto podia, com as vistas amplas, os espaços de comunicação entre os aposentos, e os corredores; a longa e reta probabilidade ou promessa, como lhe chamaria, para a revelação que pretendia convocar. Era um método que verificou poder perfeitamente "explorar" sem suscitar comentários; ninguém sabia dele; nem sequer Alice Staverton, que era ademais um poço de discrição, imaginava o que pudesse ser.

Ele entrava e saía com a calma segurança do proprietário: e o acaso o favorecia tanto que, se algum corpulento "agente de polícia" da Avenida o tinha ocasionalmente visto entrar às onze e meia, nunca sinceramente o vira sair às duas. Ele chegava, pontual, nas primeiras horas das revigorantes noites de novembro; era-lhe tão fácil fazê-lo, após jantar fora, quanto o seria ir ao clube ou voltar ao seu hotel. Quando deixava o clube, se não jantasse fora, era ostensivamente para regressar ao hotel; e quando deixava este, após ali ter passado parte do serão, era ostensivamente para ir ao clube. Tudo era fácil, em suma; tudo conspirava e incentivava; havia em verdade, mesmo na tensão de sua experiência, algo que atenuava, algo que salvava e simplificava o resto da sua consciência. Ele circulava socialmente; entretinha, renovava, descuidosa e aprazivelmente, antigas relações sociais — satisfazia, tanto quanto podia, novas expectativas, e, a despeito da sua carreira, da circunstância de os diversos contatos que referira à srta. Staverton poderem ser de aparência pouco edificante para quem os tivesse eventualmente acompanhado, as pessoas lhe eram, no geral, antes afeiçoadas do que o contrário. Alcançara mediano e apagado êxito mundano — e com gente que não fazia verdadeiramente ideia de quem ele fosse. Era bastante superficial o murmúrio de boa acolhida que lhe davam, o espoucar de rolhas em seu louvor — de igual modo, seus gestos de resposta eram as sombras extravagantes, enfáticas na mesma proporção do pouco que representavam, de alguma brincadeira de *ombres chinoises*. Ele se projetava o dia todo, em pensamento, por sobre a ouriçada linha de duras cabeças inconscientes, até o umbral de outra vida, a verdadeira, a expectante; a vida que, tão logo ouvia atrás de si o estalo da larga porta de entrada de sua casa, começava para ele na bela esquina, tão sedutora quanto os lentos compassos de abertura de uma esplêndida música seguem-se às pancadinhas da batuta do regente.

Ele nunca perdia o primeiro som que a ponteira de aço de sua bengala produzia ao tocar o mármore antigo da pavimentação do vestíbulo, grandes retângulos brancos e pretos que lembrava terem sido a admiração de sua infância e que, dava-se conta agora, acoroçoaram desde cedo o surgimento nele de uma concepção de estilo. Esse som era a repercussão do indistinto tilintar de algum sino muito distante suspenso sabe-se lá onde — no recesso da casa, do passado, daquele mundo místico que poderia ter florescido para ele caso, para o seu bem ou para o seu mal, não o houvesse abandonado. Ao ouvir o som, ele fazia sempre a mesma coisa; punha silenciosamente a bengala num canto — com a sensação de que o local novamente parecia um grande vaso de precioso cristal côncavo posto delicadamente a vibrar pelo atrito de um dedo molhado à volta da sua borda. O cristal côncavo continha, por assim dizer, aquele outro mundo místico, e o murmúrio indescritivelmente musical de sua borda era um suspiro, a patética queixa mal audível ao seu ouvido atento, de todas as velhas frustradas renegadas possibilidades. A esse apelo à sua abafada presença, ele as despertava para toda a vida fantasmática que ainda pudessem desfrutar. Elas eram esquivas, implacavelmente esquivas, mas não eram realmente sinistras; pelo menos não como ele as sentira até então — antes de tomarem a Forma que tanto ansiara vê-las tomar, a Forma sob a qual ele se via em certos instantes, à luz da perseguição na ponta dos pés, as pontas de seus sapatos de noite, de um a outro aposento, de um a outro andar.

Essa era a essência da sua visão — pura loucura, pode-se dizer, quando ele estava fora da casa, ocupado com algum outro assunto, mas que ganhava completa verossimilhança tão logo ele ali estivesse devidamente postado. Sabia o que queria e o que pretendia; isso lhe era tão claro quanto os algarismos de um cheque a ser descontado. O seu alter ego "movia-se" — essa era a característica da imagem que dele se fazia, do mesmo modo em que via no desejo de emboscá-lo e surpreendê-lo a motivação do seu singular passatempo. Ele próprio andava por ali com passo lento, cauteloso, mas incansável — a sra. Muldoon estava absolutamente certa no seu figurado "andar apalpando"; e a presença que ele espreitava também vagaria incansavelmente. Mas era tão cautelosa e tão solerte quanto ele; a convicção de sua provável, mas na verdade já bem sensível, bem audível fuga à perseguição crescia nele de noite para noite, impondo-lhe por fim um rigor a que nada em sua vida jamais se comparara. Ele sabia que, na opinião superficial de muita gente, tinha estado malgastando a vida ao render-se às sensações; no entanto, jamais desfrutara prazer tão refinado quanto sua atual tensão; jamais se iniciara em esporte que demandasse a um só tempo a paciência e o sangue-frio dessa tocaia a uma criatura mais sutil, e todavia talvez mais formidável quando acuada, do que qualquer fera do mato. O vocabulário, as comparações, as próprias técnicas de caça voltavam positivamente à baila; havia inclusive momentos em que passagens de sua ocasional experiência de esportista, lembranças juvenis da charneca, da montanha e do deserto ganhavam nova vida — aumentando-lhe a perspicácia — pela tremenda força da analogia. Via-se por vezes — quando lançava sua única luz sobre algum consolo ou algum recesso — buscando esconderijo ou sombra, ocultando-se atrás de uma porta ou vão de porta, tal como outrora se valera para isso do rochedo e da árvore; viu-se contendo a respiração e vivendo a alegria do instante, a suprema expectativa criada pelo jogo puro e simples.

Não sentia medo (embora se perguntasse se acreditava que os cavalheiros que caçavam tigres-de-bengala ou topavam com o grande urso das Rochosas fizeram jamais tal pergunta); e isso na verdade — pelo menos aí podia ser franco! — devido à impressão, tão íntima e tão estranha, de que ele próprio suscitava naquele momento um terror, uma tensão que ultrapassava decerto tudo quanto poderia jamais experimentar. Classificavam-se em categorias e se lhe tornavam muito familiares os sinais, que percebia, do alarme criado por sua vigilância e por sua presença; levavam-no sempre a ponderar, admirado, que provavelmente estabelecera uma relação, provavelmente desfrutava uma consciência que era única na experiência da humanidade. Muita gente vivera aterrorizada por aparições, mas quem jamais virara assim a mesa e se tornara ele próprio, no mundo das aparições, um grandíssimo terror? Caso se tivesse atrevido a pensar nisso, poderia ter achado a coisa sublime; porém não insistiu muito, em verdade, nesse lado do seu privilégio. O hábito e a repetição o fizeram adquirir um incomum poder de penetrar a penumbra das distâncias e a escuridão dos cantos, de reduzir à sua original inocência as traições da luz incerta, as formas ameaçadoras assumidas na obscuridade por meras sombras, por acidentes do ar, por mutáveis efeitos de perspectiva; mesmo deixando de lado sua pálida luminária, podia continuar deambulando, ir de um a outro aposento e, apenas sabendo que ela estava lá atrás de si em caso de necessidade, achar seu caminho, projetar visualmente uma relativa claridade para guiar-se. Tal faculdade adquirida o levava a sentir-se como um gato monstruoso e furtivo; excogitava se nesses momentos refulgia com grandes olhos amarelos e o que seria, para o seu pobre e acossado alter ego, defrontar com semelhante figura.

Gostava, contudo, de postigos abertos; abria por toda parte os que a sra. Muldoon havia cerrado, mas tornava cuidadosamente a fechá-los para que ela não percebesse: gostava de ver — e como gostava, sobretudo nos aposentos do andar de cima! — a dura prata das estrelas outonais através das vidraças, e não menos os clarões da iluminação de rua, o branco resplendor elétrico que só cortinas impediriam de entrar. Aquilo era humano atual social; era o mundo em que tinha vivido, e sentia-se certamente mais a gosto pela compostura, friamente geral e impessoal, que parecia dele receber o tempo todo, a despeito do seu desprendimento. Ele lhe dava amparo sobretudo nos aposentos da larga frente e da ala prolongada; faltava-lhe consideravelmente na obscuridade da parte central e dos fundos. Mas se por vezes, durante as rondas, alegrava-se com o seu alcance ótico, tampouco deixavam de impressioná-lo as traseiras da casa como a própria selva da sua presa. O espaço era ali mais subdividido; especialmente uma longa "extensão", onde pequenos quartos para criados se multiplicavam, que abundava em cantos e recessos, em cubículos de depósito e corredores, nas ramificações de uma ampla escada de fundo sobre a qual ele se debruçava repetidas vezes para olhar lá embaixo — sem se deixar desviar de sua gravidade pela consciência de que, a um espectador, semelharia algum papalvo solene a brincar de esconde-esconde. Lá fora poderia de fato fazer-se esse irônico *rapprochement*; mas dentro daquelas paredes, e não obstante as janelas iluminadas, sua persistência estava imune à luz cínica de Nova York.

Fizera parte da ideia da exasperada consciência de sua vítima ela tornar-se uma verdadeira prova para ele; desde o começo se havia persuadido, oh, quão distintamente, de que poderia "cultivar" ao máximo sua capacidade de percepção. Sentira-a, acima de tudo, aberta ao desenvolvimento — o qual era na verdade apenas outro nome para seu modo de passar o tempo. Estava desenvolvendo-a até a perfeição através da prática; em consequência disso, ela se havia refinado a tal ponto que ele estava agora cônscio de impressões que antes não o teriam atingido de imediato e que atestavam por isso a justeza do seu postulado geral. Era, mais especificamente, o caso de um fenômeno que se tornara afinal bastante frequente para ele nos aposentos do andar superior, o reconhecimento — absolutamente inconfundível e que remontava a certa ocasião em que reiniciara sua campanha após uma retirada diplomática, uma deliberada ausência de três noites — de estar sendo seguido, acompanhado a uma distância cuidadosamente calculada, com o fito expresso de que parecesse menos confiadamente, menos arrogantemente a ele próprio, ser o único perseguidor. Isso o preocupava e terminou por alquebrá-lo, pois se demonstrou, de todas as impressões concebíveis, a menos conveniente. Ele estava à vista, enquanto continuava — no tocante à essência de sua posição — sem ver, e seu único recurso eram então as viradas bruscas, as rápidas recuperações de terreno. Girava sobre si e refazia os próprios passos, como se assim pudesse receber no rosto o ar posto em movimento pela veloz reviravolta de outrem. Era bem verdade que a sua noção totalmente desorientada de tais manobras trazia-lhe à lembrança o Pantalon da farsa de Natal sendo esbofeteado e logrado pelo ubíquo Arlequim às suas costas; permanecia intacta, todavia, a influência das próprias condições, toda vez que se via novamente exposto a elas; daí que tal associação, tivesse ele consentido que se tornasse constante, só serviria em verdade para aumentar-lhe a gravidade. Com o propósito de criar no recinto a infundada sensação de uma trégua, ele tivera, como eu já disse, três ausências; e o resultado da terceira foi confirmar o efeito ulterior da segunda.

Ao regressar naquela noite — a subsequente à sua última interrupção —, deteve-se no vestíbulo e olhou escada acima com uma certeza mais íntima do que qualquer que jamais conhecera. "Ele está *lá*, no alto, esperando — e não, como de hábito, recuando para desaparecer. Está mantendo o terreno, pela primeira vez — o que é uma prova, não é?, de que algo aconteceu." Assim argumentava Brydon com a mão sobre o balaústre e o pé no primeiro degrau; posição na qual sentiu, como nunca, o ar congelar-se pela sua lógica. Ele próprio foi por ela congelado, pois pareceu-lhe saber agora de repente o que estava em jogo. "Pressionado mais duramente? — sim, com isso ele compreende que vim, como se diz, *para ficar*. Finalmente, a situação o desagrada, não a pode suportar; isso no sentido de que a sua ira, o seu interesse ameaçado, não é agora menor que seu temor. Eu o persegui até *desentocá-lo*: foi o que aconteceu lá em cima — ele é um animal de presa ou de galhada finalmente acuado." Aí sobreveio a Brydon, como eu disse — mas determinada por uma influência que escapa ao meu registro! —, essa aguda certeza; por causa dela, contudo, ele rompeu a suar um instante depois, coisa que não consentiria em atribuir ao medo, assim como tampouco se atreveria a tomar a iniciativa de agir imediatamente com base nela. Nem por isso deixava ela de suscitar uma prodigiosa emoção, emoção que representava um súbito terror, sem dúvida, mas também, no mesmíssimo latejo, a mais estranha, a mais deleitosa e, no minuto seguinte, talvez a mais soberba duplicação de consciência.

"Ele tem estado a esquivar-se, a recuar, a esconder-se, mas agora, excitado pela cólera, irá lutar!" — esta intensa impressão juntava num único sorvo, por assim dizer, terror e aplauso. O extraordinário, porém, era que o aplauso, pelo fato de o sentir, fazia-se deveras veemente, de vez que, se era o seu outro eu que estava desentocando, tal inefável identidade não se demonstrava, em última instância, indigna dele. Ouriçava-se ali perto — nalgum lugar à mão, conquanto ainda invisível — como a coisa perseguida, como o verme pisado do adágio que *deve* finalmente ouriçar-se; e Brydon provavelmente experimentava nesse instante uma complexa sensação que jamais supusera antes compatível com a sanidade. Era como se o tivesse envergonhado que alguém associado tão intimamente ao seu próprio caráter triunfasse em escapar-lhe, em não se arriscar a sair em campo aberto; por isso, a cessação desse perigo representava pronto e considerável alívio da situação. No entanto, numa outra incomum reviravolta de igual sutileza, ele se dispunha agora a medir o quanto aumentaria o perigo de ele próprio atemorizar-se; assim, comprazia-se em poder, de outra maneira, inspirar ativamente temor, ao mesmo tempo que estremecia ante a maneira como o poderia experimentar passivamente.

A apreensão de saber disso deve ter aumentado nele logo depois, e o momento talvez mais estranho da sua aventura, o mais memorável ou de fato mais interessante desenvolvimento da sua crise, foi, no lapso de certos instantes de *combate* consciente, ter sentido necessidade de agarrar-se a algo, à maneira de um homem escorregando e resvalando por uma íngreme inclinação; ter sentido o vivo impulso de agir, sobretudo, de avançar de algum modo sobre algo — de mostrar a si próprio, em suma, que não sentia medo. O estado de "agarrar-se" era o estado a que se via momentaneamente reduzido; se, naquele grande vazio, tivesse havido alguma coisa a que agarrar-se, ele teria tido consciência de agarrá-la como, num susto em casa, agarraria o espaldar da cadeira mais próxima. De qualquer modo, fora induzido pela surpresa — *disso* tinha consciência — a algo inaudito desde que tomara posse do lugar; fechara os olhos apertadamente, por um longo minuto, como se levado por aquele instinto de pavor, aquele medo de ver. Quando os abriu, o aposento, os outros aposentos contíguos, pareceram extraordinariamente mais claros — tão claros que a princípio quase confundiu a mudança com o dia. Ficou firme, tanto quanto podia, ali onde tinha parado; sua resistência o ajudara — era como se houvesse sobrepujado algo. Ao fim de um instante descobriu de que se tratava — estivera a pique de fugir. Enrijecera a vontade contra a fuga; não fosse isso, achava que teria corrido para a escada e prontamente descido, de olhos ainda fechados, mal sabendo como, até embaixo.

Ora, como havia resistido, ali estava — parado no alto, entre os mais intrincados aposentos do andar superior e com a enfiada de outros, do restante da casa, ainda por percorrer antes de ir-se. Iria na sua hora — e só então; não saía toda noite sempre na mesma hora? Tirou o relógio do bolso — havia luz bastante; quase uma e quinze, e ele nunca se fora tão cedo.

Chegava ao seu hotel às duas, na maior parte das vezes, após uma caminhada de quinze minutos. Esperaria até que faltassem quinze para as duas — não se moveria até então; e ficou de olhos fitos no relógio, refletindo enquanto o segurava durante essa deliberada espera, espera cujo esforço ele reconhecia servir perfeitamente para atestar o que pretendia. Provaria a sua coragem — a menos que esta pudesse ser mais bem provada com ele finalmente saindo de onde se postara. Mais que tudo, sentia agora que tinha os seus brios — nunca na vida lhe haviam parecido tantos — a defender e manter bem altos. Via isso à sua frente, como uma imagem física, imagem digna de uma época mais aventurosa. Essa observação lhe bruxuleou no espírito e brilhou com luz mais forte um instante depois; que época aventurosa seria comparável, no final das contas, ao portento da sua situação? A única diferença seria que, brandindo seus brios acima da cabeça como um rolo de pergaminho, teria então podido — isto é, na época heroica — descer os degraus com uma espada desembainhada na outra mão.

No momento, a vela que depusera sobre o consolo do aposento contíguo teria de fazer as vezes da espada; durante um minuto, dera o número necessário de passos para se apoderar dela. A porta entre os dois aposentos estava aberta, e do segundo uma porta se abria para um terceiro. Esses aposentos, pelo que se lembrava, davam os três para um corredor comum também, mas havia um quarto, além deles, sem saída, a não ser para o precedente. Mover-se, ouvir de novo os próprios passos, seria uma ajuda apreciável; embora o reconhecesse, ele se demorou mais um pouco junto ao consolo da lareira onde sua vela fora posta. Quando afinal se moveu, hesitando um pouco quanto a para que lado ir, viu-se a considerar uma circunstância que, após uma primeira e comparativamente vaga apreensão, nele suscitou o estremecimento com frequência produzido por uma lembrança cruciante, o violento choque de ter deixado de venturosamente esquecer. Dera com a porta em que terminava o breve canal de comunicação e que ele agora contemplava do umbral mais próximo, aquele que não lhe estava diretamente fronteiro. Situada a certa distância à esquerda desse ponto, ela lhe daria ingresso ao último dos quatro aposentos, aquele sem nenhuma outra entrada ou saída, caso não tivesse, como estava intimamente convencido, sido fechada *desde* a sua visita anterior, cerca de quinze minutos antes, provavelmente. Ficou a considerar de olhos arregalados o fato espantoso, mais uma vez imóvel onde se detivera, mais uma vez contendo a respiração enquanto lhe perscrutava o significado. Claro que a porta tinha sido fechada *posteriormente* — isto é, ela estava aberta na sua ronda anterior!

Deu-se plena conta de que algo acontecera no entretempo — que não poderia ter notado antes (referindo-se à ronda inicial de todos os aposentos naquela noite) que semelhante barreira excepcionalmente se lhe apresentara. Em verdade, desde aquele momento ele passara por uma agitação tão extraordinária que poderia ter-lhe toldado qualquer visão anterior; tentou convencer-se de que talvez tivesse entrado então no aposento e inadvertidamente, automaticamente, fechado a porta atrás de si ao sair. A dificuldade estava em que isso era exatamente o que jamais fizera; contrariava toda a sua política, como lhe poderia chamar, política cuja essência era manter as vistas desobstruídas. Desde o princípio tivera isso em mente, como bem sabia: a estranha aparição, no extremo de uma delas, de sua frustrada "presa" (termo que tão pungente ironia tornava agora o menos apropriado!) era a forma de êxito que sua imaginação mais acalentava, nela projetando sempre um refinamento de beleza. Conhecera meia centena de vezes o sobressalto de percepção que depois se esvaíra; meia centena de vezes murmurara entrecortadamente "Ei-lo!" sob o influxo de alguma breve alucinação. No caso, o edifício prestava-se admiravelmente para isso; ele bem que podia admirar-se do gosto da arquitetura local daquela época, que se comprazia em multiplicar as portas — muito ao contrário do gosto moderno, que as proscreve quase totalmente; mas a verdade é que contribuía sobremaneira para provocar tal obsessão da presença deparada telescopicamente, por assim dizer, focalizada e estudada em perspectiva decrescente e como que para um repouso do cotovelo.

Era para essas considerações que sua atenção se voltava no momento — elas ajudavam a tornar portentoso o que via. Ele *não* poderia, por qualquer lapso que fosse, ter bloqueado aquela abertura; e se não o fizera, se era algo impensável, não estava claro que só podia ter sido outro agente? Outro agente? — sentia que captara, um momento antes, o próprio sopro dele; mas quando lhe estivera mais perto do que nesse ato simples, lógico e completamente pessoal? Era tão lógico que se poderia tê-lo *tomado* por pessoal; no entanto, por que ele, Brydon, o tomava? Foi o que se perguntou enquanto, arquejando de leve, sentiu os olhos quase lhe saltarem das órbitas. Ah, dessa vez, enfim, eles *eram*, os dois, opostas projeções dele postas em presença; e dessa vez, tanto quanto se quisesse, avultava a questão do perigo. Com ela se impunha, como nunca antes, a questão da coragem — pois o que ele entendia a lisa face da porta dizer-lhe era: "Mostre-nos quanta coragem tem!". Ela o encarava fixamente com tal desafio; ela lhe propunha duas alternativas: deveria ou não abri-la? Oh, ter essa consciência era *pensar* — e pensar, Brydon ali parado o sabia, significava, enquanto os minutos corriam, não ter agido! Não ter agido — isso era a angústia e o tormento — era continuar a não agir; era de fato sentir a coisa *toda* de outra nova e terrível maneira. Quanto tempo ficou parado a debater consigo? Não havia ali nada com que medi-lo, pois a vibração dele, Brydon, já havia mudado — como se em consequência de sua própria intensidade. Lá presa, acuada, desafiadora, e com o prodígio de coisa palpável e comprovavelmente *corporificada*, dando assim notícia de si como uma tabuleta rígida — com tal acréscimo de ênfase a própria situação havia mudado e Brydon por fim concluiu em que ela se mudara.

Mudara-se numa advertência diferente, numa suprema alusão, para ele, do valor da Discrição! Esta despontou devagar, sem dúvida — pois podia dar-se a esse luxo; ele fora inteiramente detido no seu umbral, pouco ou nada avançara ou recuara por enquanto. Era coisa das mais estranhas que agora, dando dez passos e metendo a mão numa maçaneta, ou mesmo o ombro e o joelho contra uma almofada de porta, se preciso, toda a sua ânsia inicial pudesse ser satisfeita, sua aguda curiosidade atendida, sua inquietação aliviada; era surpreendente, mas também requintado e excepcional, que a insistência tivesse, a um simples toque, desaparecido. Discrição — de um salto pressuroso ele a agarrou; e com esse açodamento não porque ela lhe salvasse os nervos ou a pele mas porque salvava algo mais valioso, a situação. Quando digo "de um salto", percebo a consonância desse termo com o fato de que — ao fim de não sei quanto tempo — ele tornou a mover-se, foi direto até a porta. Não a iria tocar — parecia agora que poderia *se* quisesse: ele queria apenas ficar ali à espera, um pouco, para provar que não a tocaria. Tinha assim outro ponto de parada, junto à delgada divisória onde, de olhos baixos e mãos a distância em mera e intensa imobilidade, lhe era negada a revelação. Ficou à escuta como se houvesse ali algo a ouvir, mas essa atitude, enquanto durou, foi o seu próprio modo de comunicar-se. "Se você não quiser — então tudo bem: eu o poupo e desisto. Você me toca como um pedido de clemência: você me convence de que, por severas e sublimes razões — que sei eu? —, nós ambos tivemos de sofrer. Eu as respeito, pois, e, embora impelido e privilegiado como, creio eu, homem algum já foi, eu me afasto, eu renuncio, para nunca mais, juro, tentar de novo. Descanse para sempre, pois... e *deixe-me*!"

Tal era, sentia-o Brydon, o significado profundo dessa demonstração — solene, medida, orientada. Ele lhe deu remate, ele se afastou; e agora sabia em verdade quão profundamente fora por ela tocado. Refez seus passos, levando sua vela, consumida, reparou, até o castiçal, e novamente notando, por mais que as aligeirasse, o som distinto de suas pisadas; após o que viu-se em pouco do outro lado da casa. Fez ali o que até então ainda não fizera a tais horas — abriu um dos batentes de uma das janelas de frente e deixou entrar o ar da noite, coisa que, em qualquer outra ocasião anterior, teria considerado uma violenta ruptura do seu encantamento. Este estava agora rompido, e não importava — fora rompido pela sua aceitação e rendição, que tornavam baldado doravante ele jamais ali voltar. A rua vazia — a sua outra vida tão bem marcada pelo grande vazio iluminado — ficava logo abaixo, ao seu imediato alcance; permaneceu ali parado como se já de volta a ela, embora estivesse empoleirado bem acima; vigiava como se à espera de algum fato trivial e reconfortante, de alguma vulgar nota humana, da passagem de algum ladrão ou varredor de rua, algum pássaro noturno, por vil que fosse. Teria abençoado tal sinal de vida; teria acolhido com real prazer a vagarosa chegada de seu amigo guarda-noturno, a quem só procurara evitar até então, e não estava certo se, ao avistar a patrulha, não sentiria o impulso de ir ao seu encontro para falar-lhe, cumprimentá-la, sob qualquer pretexto, desde o seu quarto andar.

Não sabia bem qual pretexto seria menos tolo ou menos comprometedor, qual explicação lhe teria salvado a dignidade ou mantido seu nome, num tal caso, longe dos jornais; estava tão absorvido pela ideia de preservar sua Discrição — em consequência da promessa que acabara de fazer ao seu íntimo adversário — que a importância dela avultava e algo lhe sobrepujara muito ironicamente o senso de medida. Se houvesse uma escada encostada à frente da casa, mesmo uma daquelas escadas perpendiculares e vertiginosas usadas por pintores e telhadores e às vezes deixada ao relento, ele teria dado um jeito, a cavalo sobre o peitoril da janela, de alcançar com a perna e o braço esticados aquela via de descida. Se houvesse um daqueles fantásticos aparatos que encontrara em quartos de hotel, uma saída de emergência na forma de um cabo com entalhes ou de uma calha de lona, ele se teria valido dele como uma prova — bem, de ser melindrosa a sua atual situação. Dadas as circunstâncias, o sentimento que nutria era um tanto vão, e logo — ao fim de, mal sabia outra vez, quanto tempo — sentiu, como se em resultado da ação sobre sua mente do malogro de conseguir uma resposta do mundo exterior, tal sentimento recair numa vaga angústia. Parecia-lhe ter esperado séculos por alguma movimentação no grande silêncio torvo; a própria vida da cidade jazia sob um encantamento — já que duravam tão anormalmente, acima e abaixo em todo o panorama de feios objetos conhecidos, a vacuidade e o silêncio. Será, perguntava-se ele, que as casas de desgraciosas fachadas, que começavam a assomar lividamente à baça luz do amanhecer, responderam jamais tão pouco a uma precisão do seu espírito? Grandes vácuos edificados, grandes silêncios apinhados no coração das cidades ostentam com frequência, às primeiras horas da manhã, uma espécie de máscara sinistra, e era dessa vasta negação coletiva que Brydon tomava então consciência — tanto mais que, inacreditavelmente quase, o romper do dia estava próximo, mostrando-lhe que noite havia ele passado.

Tornou a consultar o relógio, viu o que havia sido feito dos seus valores de tempo (tomara horas por minutos — não, como em outras situações tensas, minutos por horas) e a estranha aparência das ruas era tão só o débil, soturno rubor de um alvorecer em que tudo estava ainda recolhido. O seu sufocado apelo pela janela aberta fora o único sinal de vida, e a ele só restava calar-se como se tomado de pior desespero. Todavia, embora tão fundamente desalentado, foi capaz de um impulso revelador — pelo menos no seu atual estado — de uma extraordinária determinação: voltar sobre os próprios passos até o local onde enregelara com a extinção do último latejo de dúvida quanto a haver na casa outra presença além da sua. Isso exigia um esforço intenso o bastante para o pôr doente; mas movia-o uma razão que sobrepujava de momento tudo o mais. Havia todo o resto da casa por atravessar, e como poderia ele avir-se com a possibilidade de a porta que vira fechada estar agora aberta? Podia apegar-se à ideia de que o fechamento tinha sido um virtual ato de misericórdia, uma oportunidade que lhe fora oferecida de descer, ir-se embora, abandonar o local, e nunca mais voltar a profaná-lo. Essa ideia se sustentava por si, funcionava; seu significado, porém, dependia agora claramente da dose de indulgência que sua recente ação, ou antes, sua recente inação, havia engendrado. A imagem da "presença", o que quer que ela pudesse ser, ali à espera de que ele se fosse — essa imagem não havia sido tão concreta para os seus nervos como quando parou no ponto em que a certeza lhe viria. Pois, com toda a sua determinação, ou melhor, com todo o seu temor, tinha parado — tinha evitado ver de fato. O risco era demasiado e a sua apreensão bem definida: ela assumia naquele momento uma assustadora forma específica.

Ele sabia — sim, sabia como jamais soubera de alguma coisa — que se *chegasse* a ver a porta aberta, isso seria, muito abjetamente, o seu fim. Significaria que o agente do seu opróbrio — um opróbrio que era funda abjeção — estaria mais uma vez à solta e em plena posse da casa; e o que teria de arrostar frontalmente seria o ato que isso lhe iria impor. Mandá-lo-ia diretamente para a janela deixada aberta, e por essa janela, mesmo na ausência da longa escada e da corda pendente, ele se via tomando fatalmente incontrolavelmente insanamente o caminho da rua. Tão hedionda possibilidade ele ao menos poderia evitar; mas só se recuasse da sua convicção. Tinha a casa inteira com que avir-se, esse fato ainda estava lá: apenas agora sabia que só a incerteza o poderia impelir. Afastou-se do ponto em que se detivera — meramente fazê-lo era, de súbito, como estar em segurança — e, rumando às cegas para a escada principal, deixou atrás de si quartos escancarados e corredores ressonantes. Lá estava o topo da escada, com os três belos lances de escuros, largos degraus, e três espaçosos patamares a separá-los. Seu instinto era todo em prol da moderação, mas seus pés pisavam com força o assoalho, e curiosamente, quando se deu conta disso após um ou dois minutos, a constatação foi-lhe de certa ajuda. Não teria conseguido falar, o som de sua própria voz o assustaria, e a ideia ou recurso habitual de "assobiar no escuro" (literal ou figuradamente) lhe pareceria abjetamente vulgar; não obstante, gostava de ouvir-se caminhar, e, quando alcançou o primeiro patamar — sem nenhuma pressa, mas com firmeza —, aquela etapa vencida com êxito arrancou-lhe um suspiro de alívio.

A casa parecia de resto imensa, sua escala de espaço descomedida; os aposentos abertos, para nenhum dos quais seus olhos se desviavam, surgiam sombrios com suas janelas entaipadas, como bocas de cavernas; só a alta claraboia que coroava o fundo poço da escada criava para ele condições de avançar, mas essas bem poderiam ter sido, pela extravagância de sua cor, as de algum mundo aquático. Tentou pensar em algo nobre, como a sua propriedade ser realmente imponente, um esplêndido patrimônio; tal nobreza, porém, assumia também a forma do claro deleite com que a iria finalmente sacrificar. Poderiam vir agora os construtores, os demolidores — poderiam vir quando quisessem. Ao fim de dois lances, ele ingressara numa outra zona, e na metade do terceiro lance, só faltando mais um, reconheceu a influência das janelas inferiores com seus estores semierguidos, do ocasional lampejo das lâmpadas de rua, dos espaços polidos do vestíbulo. Esse era o fundo do mar, que ostentava iluminação própria e que ele ora via pavimentado — quando a certo momento se empertigou para dar uma olhada por sobre a balaustrada — com as lajes de mármore retangulares da sua infância. A essa altura, sentia-se indubitavelmente melhor, como poderia ter dito numa situação mais comum; a olhada lhe permitira parar e recuperar o fôlego, e a sensação de bem-estar aumentou à vista das antigas lajes brancas e pretas. Mas o que ele mais sentia era que agora, seguramente, com o elemento de impunidade como que a puxá-lo com mãos firmes, o caso estava resolvido no tocante ao que poderia ter visto se se tivesse atrevido a um derradeiro olhar. A porta fechada, abençoadamente remota agora, continuava fechada, e ele só tinha, em suma, de alcançar a saída da casa.

Desceu mais, atravessou o corredor que dava acesso ao último lance; se ali tornou a parar um instante, foi pelo agudo arrepio da evasão garantida. Ele o fez cerrar os olhos — que voltou a abrir para o ininterrupto declive dos degraus restantes. Aqui havia ainda impunidade, mas uma impunidade quase excessiva, tanto mais quanto as janelas laterais e a alta bandeira circular da entrada lançavam sua luz frouxa diretamente no vestíbulo; tal aparência era produzida, percebeu-o um instante depois, pelo fato de as duas folhas da porta interna do vestíbulo estarem escancaradas. Isso fez com que a *questão* voltasse a assediá-lo: sentiu os olhos lhe saltarem das órbitas, a exemplo do que acontecera no alto da casa, antes do sinal da outra porta. Se deixara aquela aberta, não tinha deixado esta fechada, e não se encontrava assim agora em presença mais imediata de alguma inconcebível atividade oculta? Era tão aguda, a questão, quanto a ponta de uma faca enfiada em seu flanco; a resposta, todavia, se fazia esperar e parecia perder-se na vaga obscuridade a que a minguada claridade do amanhecer, filtrando-se em forma de arco por toda a parte superior da porta de entrada, conferia uma orla semicircular, um nimbo de fria prata que parecia tremular um pouco enquanto ele o olhava — mover-se e expandir-se e contrair-se.

Era como se houvesse algo ali dentro, algo protegido pela obscuridade, e que correspondia, em extensão, à opaca superfície mais atrás, os painéis pintados da última barreira à sua evasão, cuja chave ele trazia no bolso. A obscuridade zombava dele enquanto a olhava, dava-lhe a impressão de uma certeza meio oculta ou desafiadora, pelo que, após hesitar um instante no degrau, ele se deixou ir com a sensação de que ali *havia* finalmente algo que tocar, pegar, conhecer — algo positivamente perverso e assustador sobre que teria de avançar como condição, para si próprio, ou de libertação ou de suprema derrota. A penumbra, densa e obscura, era a tela virtual de uma figura que se erguia dentro dela tão imóvel quanto uma imagem em pé num nicho ou uma sentinela de negra viseira a guardar um tesouro. Brydon iria conhecer em seguida, iria evocar e discernir o ser específico em que acreditara durante o resto de sua descida. Percebeu a vagueza central diminuir em sua larga margem pardo-luminosa e ir tomando a própria forma como, tantos dias a fio, a veemência de sua curiosidade anelava. Ia assomando indistintamente, agigantava-se, era uma coisa, era alguém, o assombro de uma presença pessoal.

Rígido e cônscio, espectral mas humano, um homem de substância e estatura igual à sua ali esperava para medir-se com a sua capacidade de aterrar-se. Só podia ser isso — só isso, até Brydon reconhecer, com o avanço dele, que o que lhe tornava o rosto indistinto eram duas mãos que o cobriam e nas quais, longe de mostrar-se em desafio, o rosto se afundava como numa súplica sombria. Posto diante dele, Brydon pôde então, sob a luz alta, implacável e aguda, examinar-lhe cada aspecto da aparência — a postura imóvel, a vívida objetividade, a curva cabeça grisalha e as alvas mãos encobridoras, a singular realidade do seu traje de cerimônia, do seu pincenê dependurado, das suas lapelas de seda lustrosa e da sua camisa branca, do seu botão de pérola, da corrente de ouro do seu relógio e dos seus sapatos de verniz. Nenhum retrato pintado por qualquer grande mestre moderno poderia tê-lo representado com mais intensidade, fazê-lo ressaltar da moldura com mais arte, como se cada matiz e saliência de sua figura tivesse recebido um "tratamento" de consumada qualidade. A violenta reação tornou-se para o nosso amigo, antes que ele se desse conta, imensa — essa rendição, no ato de apreender, ao sentido da inescrutável manobra do seu adversário. Pelo menos ela lhe oferecia, a ele boquiaberto, tal significado; pois não podia, nessa outra aflição, senão boquiabrir-se ante o seu outro eu, como uma prova de que *ele*, ali de pé para a vida conseguida, desfrutada, triunfante, não podia ser encarado no seu triunfo. Pois não estava, a prova, nas esplêndidas mãos encobridoras, fortes e espalmadas? — tão espalmadas e tão propositais que, a despeito de uma especial veracidade que ultrapassava qualquer outra (o fato de uma dessas mãos ter perdido dois dedos, os quais estavam reduzidos a tocos, como se arrancados por um disparo acidental), o rosto era eficazmente protegido e poupado.

"Poupado" — seria essa a palavra certa? Brydon exprimiu num sussurro o seu pasmo, até a própria impunidade de sua atitude e a própria insistência dos seus olhos produzirem, e ele o percebeu, um movimento repentino que manifestou no instante seguinte, como um presságio mais profundo, enquanto a cabeça se erguia, a revelação de mais admirável propósito. Enquanto ele olhava, as mãos começaram a mover-se, a abrir-se; então, como se se decidindo num átimo, tombaram de cima do rosto e o deixaram descoberto, à vista. Com um suspiro, o horror saltara para dentro da garganta de Brydon, escancarando-a num som que ele não conseguia produzir; pois a identidade posta a nu era hediondamente a *sua*, e seu olhar fixo era a veemência do seu protesto. O rosto, *aquele* rosto, de Spencer Brydon? — perscrutou-o ainda, mas afastando o olhar em consternação e repulsa, despencando do seu apogeu de sublimidade. Era desconhecido, inconcebível, medonho, desligado de qualquer possibilidade...! Ele havia sido "traído", gemeu interiormente, tocaiando uma caça como essa: a presença que tinha diante de si era uma presença, o horror que tinha dentro de si era um horror, mas o desperdício de suas noites fora apenas grotesco e o sucesso de sua aventura uma ironia. Uma tal identidade não quadrava à sua em *nenhum* ponto, tornava monstruosa a sua alternativa. Mil vezes sim, agora que o rosto se acercava mais dele — era o rosto de um estranho. Acercou-se mais, como uma dessas fantásticas imagens expansivas projetadas pela lanterna mágica da infância; pois o estranho, quem quer que pudesse ser, maligno, repelente, espetaculoso, vulgar, avançara em aparente gesto de agressão, e ele se sentiu recuando. E aí, acuado mais ainda, engulhado com a força do abalo sofrido, e cedendo como se sob o sopro escaldante e a exasperada paixão de uma vida maior que a sua, de uma fúria de personalidade ante a qual a sua própria desabava, ele sentiu sua visão escurecer e seus pés cederem. A cabeça pôs-se-lhe a girar; ia desmaiar; desmaiou.

3

O que depois o fez voltar a si foi claramente — mas ao fim de quanto tempo? — a voz da sra. Muldoon, que lhe chegava de bem perto, tão perto que lhe pareceu vê-la ajoelhada no chão à sua frente, enquanto ele ali jazia com o olhar erguido para ela; ele que não estava completamente estirado no chão, mas semierguido e amparado — cônscio, sim, da maciez do suporte e, mais particularmente, de uma cabeça apoiada em algo de extraordinária maciez e de leve fragrância refrescante. Ponderou, excogitou, mas seu entendimento só em parte estava a seu serviço; então outro rosto se interpôs, inclinando-se para mais perto dele, e ele finalmente percebeu que Alice Staverton fizera do próprio regaço um amplo e perfeito coxim para ele, e para tanto se havia sentado no degrau mais baixo da escada, enquanto o restante do longo corpo dele permanecia deitado sobre os seus antigos ladrilhos brancos e pretos. Estavam frios, aqueles retângulos de mármore de sua juventude; mas *ele*, por qualquer razão, não o estava, nesse esplêndido retorno à consciência — nessa hora que, pouco a pouco, se demonstrava a mais estupenda que jamais conhecera, por deixá-lo, como o deixava, tão grata, tão insondavelmente passivo, e, no entanto, com um tesouro de inteligência em derredor, à espera de quieta apropriação; dissolvida, poderia ele dizer, no ar do local e produzindo um lampejo dourado de tarde de outono. Sim, ele voltara a si — voltara de uma remotíssima distância que nenhum outro homem além dele jamais percorrera; mas era estranho como essa sensação de ter voltado *a* parecia realmente a coisa mais importante, como se a sua prodigiosa jornada tivesse sido feita só por causa dela. Lenta, mas firmemente, a consciência de Brydon alargou-se, completando-lhe assim a visão do seu próprio estado: ele havia sido miraculosamente *trazido* de volta — erguido e como que cuidadosamente transportado de onde fora apanhado, o mais remoto extremo de um interminável corredor cinzento. Mesmo com isso era-lhe consentido repousar, e o que agora o trouxera de volta ao conhecimento fora a interrupção do movimento longo e suave.

Trouxera-o ao conhecimento, ao conhecimento — sim, essa era a beleza do seu estado, o qual se parecia mais e mais ao de um homem que fosse dormir após receber notícias de uma herança, e que, após sonhar exaustivamente com ela, após profaná-la com assuntos estranhos a ela, voltasse a acordar para a serenidade da certeza e tivesse tão só de ficar deitado vendo-a crescer. Esse era o sentido da sua paciência — o de que tinha apenas de deixá-la luzir sobre si. Ele devia ademais, a intervalos, ter sido erguido e transportado; pois por que e como poderia ter-se encontrado, ulteriormente, com a tarde já avançada, não mais ao pé dos degraus — que pareciam estar então situados naquele outro extremo do seu túnel — mas num fundo assento de janela do seu alto salão, sobre o qual fora estendida, à guisa de leito, uma capa de tecido macio orlado de peles que lhe era familiar aos olhos e que uma de suas mãos alisava ternamente como um penhor de verdade? O rosto da sra. Muldoon tinha desaparecido, mas o outro, o segundo que reconhecera, inclinava-se sobre ele de um jeito que mostrava estar ele ainda de cabeça erguida e apoiada numa espécie de travesseiro. Percebia toda a situação, e quanto mais dela se apercebia, mais ela lhe parecia satisfatória: estava tão a gosto quanto se tivesse ingerido alimento e bebida. As duas mulheres é que o tinham encontrado, logo após a sra. Muldoon haver usado, na hora habitual, a sua chave da porta da rua — e, sobretudo, de ela ter chegado enquanto a srta. Staverton ainda se demorava junto da porta. A srta. Staverton estava prestes a ir-se, cheia de ansiedade por ter martirizado em vão o puxador da campainha — calculando estivesse na hora da visita da zeladora; esta, afortunadamente, chegara enquanto ela ainda se encontrava ali, e as duas haviam entrado juntas. Brydon jazia então logo além do vestíbulo, do mesmo jeito que agora — isto é, parecia ter caído, mas, assombrosamente, sem sofrer nenhuma contusão ou corte; só que mergulhado em fundo estupor. O que ele ficou sabendo naquele momento, contudo, ao recuperar o pleno conhecimento, era que Alice Staverton não duvidara, durante um longo e indescritível momento, de que ele estivesse morto.

"Deve ter sido porque eu *estava*." Ele compreendeu isso enquanto ela o segurava. "Sim... só posso ter morrido. Você me trouxe literalmente de volta à vida. Mas", perguntou, erguendo os olhos para ela, "mas, por tudo quanto é sagrado, como?"

Bastou a ela apenas um instante para inclinar o rosto e beijá-lo, e algo na maneira como ela o fez, e como as suas mãos lhe seguravam a cabeça enquanto ele sentia a fresca e benéfica virtude dos lábios dela, algo em toda aquela beatitude respondeu de algum modo a tudo. "E agora vou ficar com você", disse ela.

"Oh, sim, fique comigo, fique comigo!", suplicou ele enquanto o rosto dela ainda estava inclinado sobre o dele, em resposta ao que se inclinou ainda mais para ficar-lhe bem perto, pertíssimo. Era a chancela da situação deles — cuja impressão ele saboreou em silêncio num longo e jubiloso momento. Porém, voltou a falar. "Mas como você sabia...?"

"Eu estava apreensiva. Você tinha prometido aparecer, lembra... e não me avisou de nada."

"Sim, lembro... eu devia ir à sua casa hoje à uma." Isso tinha a ver com a "antiga" vida e relacionamento deles — tão próxima e tão distante. "Eu estava ainda lá, na minha estranha escuridão... onde era, o que era? Devo ter lá permanecido muito tempo." Não podia senão admirar-se da profundeza e duração de seu desmaio.

"Desde ontem à noite?", perguntou ela com um certo receio de estar sendo possivelmente indiscreta.

"Desde hoje cedo... sim, deve ter sido: a fria e pálida madrugada de hoje. Onde foi que eu estive", perguntou-se numa vaga lamúria, "onde foi que estive?" Sentiu-a aconchegá-lo mais junto de si, e isso como que o ajudou a dar com plena segurança seu brando gemido. "Que dia longo e escuro!"

Repleta de ternura, a srta. Staverton havia esperado um momento. "Na fria e pálida madrugada?", repetiu ela em voz trêmula.

Mas ele já se tinha posto a reunir as partes do prodígio todo. "E como eu não apareci você veio diretamente...?"

Ela mal refletiu para responder. "Fui primeiro ao seu hotel... onde me falaram da sua ausência. Você fora jantar fora ontem à noite e não havia regressado desde então. Mas eles sabiam que você tinha estado em seu clube."

"E então lhe veio a ideia *disto*...?"

"Do quê?", perguntou ela após um instante.

"Ora... do que aconteceu."

"Eu acreditava pelo menos que você estaria aqui. Eu sabia, o tempo todo, que você haveria de vir."

"Sabia…?"

"Bem, eu acreditava. Não disse nada a você depois daquela conversa que tivemos um mês atrás… mas eu estava certa. Eu sabia que você *haveria*", declarou ela.

"Que eu haveria de persistir, quer dizer?"

"Que você haveria de vê-lo."

"Mas eu não vi!", exclamou Brydon, num longo queixume. "Havia alguém lá… uma fera horrível; que eu horrivelmente acuei. Mas não era eu."

A estas palavras, ela voltou a inclinar-se sobre ele, os olhos nos seus olhos. "Não… não é você." E era como se, enquanto o rosto dela ali pairava, ele pudesse ter lido nele, se não lhe estivesse tão perto, algum significado especial nublado por um sorriso. "Não, graças aos céus", repetiu ela, "não é você! Claro que não era para ser."

"Ah, mas *era*", insistiu ele brandamente. E ficou de olhos fitos no vazio como o fizera por tantas semanas. "Era para eu reconhecer-me."

"Você não podia!", retrucou a srta. Staverton consoladoramente. E em seguida, voltando ao assunto, como se para explicar melhor o que ela própria havia feito: "Mas não era só por *isso*, por você não ter estado em casa", prosseguiu ela. "Esperei até a hora em que havíamos encontrado a sra. Muldoon naquele dia em que vim com você; e, como eu lhe disse, ela chegou quando eu, não tendo conseguido trazer ninguém até a porta, em meu desespero tinha ficado parada nos degraus. Se ela não aparecesse dentro em pouco, se não tivesse a clemência de aparecer, eu descobriria algum jeito de ir buscá-la. Mas não era", disse Alice Staverton, como se quisesse delicadamente insinuar algo, "não era só isso."

Os olhos dele, ali deitado, voltaram-se para ela. "O que mais, então?"

Ela enfrentou a surpresa que havia suscitado. "Na fria e pálida madrugada, quer dizer? Bem, na fria e pálida madrugada de hoje eu também vi você."

"Viu a mim...?"

"Vi a *ele*", disse Alice Staverton. "Deve ter sido no mesmo momento."

Brydon ficou a digerir a informação — como se quisesse ser sensato ao máximo. "No mesmo momento?"

"Sim... mais uma vez em sonho, o mesmo de que lhe falei. Voltei a sonhá-lo. Então vi que era um sinal. Ele tinha ido até você."

A essas palavras, Brydon soergueu-se; queria enxergá-la melhor. Ela o ajudou quando lhe percebeu o movimento e ele se sentou, endireitando-se no banco, apoiado nela, a mão direita segurando-lhe a esquerda. "*Ele* não veio até mim."

"Você veio a si próprio", disse ela com um belo sorriso.

"Ah, voltei a mim mesmo agora... graças a você, minha querida. Mas esse animal, com suas horríveis feições... esse animal é um estranho sinistro. Não tem nada de *mim*, nem mesmo do que eu *poderia* ter sido", declarou Brydon firmemente.

Mas ela mantinha sua franqueza, que era como um sopro de infalibilidade. "A questão toda não está no fato de que você teria sido diferente?"

Ele carregou de leve o cenho. "Tão diferente *assim*...?"

O olhar dela novamente lhe pareceu mais belo do que as coisas deste mundo. "Você não queria saber exatamente quão diferente? Pois foi assim", disse ela, "que você me apareceu esta manhã."

"Como *ele*?"

"Um estranho sinistro!"

"E como sabia que era eu?"

"Porque, como já lhe disse semanas atrás, a minha mente, a minha imaginação tinha ruminado longamente o que você poderia e o que não poderia ter sido... para mostrar-lhe, sabe, como eu pensava em você. E então, no meio disso tudo, você veio até mim... para que o meu pasmo pudesse aclarar-se. Por isso eu sabia", prosseguiu ela; "e acreditava que, como a questão o absorvia intensamente, segundo me disse naquele dia, você também veria por si mesmo. E quando esta manhã tornei a vê-lo, eu soube que era porque o mesmo acontecia com você... e também porque, desde o começo, você me queria de alguma maneira. *Ele* parecia falar-me disso. Por que então", ela sorriu estranhamente, "não haveria eu de gostar dele?"

Isso fez Spencer Brydon pôr-se de pé. "Você *gosta* daquele horror…?"

"Eu *poderia* ter gostado dele. E para mim", acrescentou, "ele não era nenhum horror. Eu o tinha aceitado."

"*Aceitado*…?" Havia uma estranha inflexão na voz de Brydon.

"Antes, pelo interesse da sua diferença… sim. E como *eu* não o reneguei, como *eu* o conhecia — o que você tão cruelmente deixou de fazer, meu caro, quando se viu enfim confrontado com a diferença dele —, bem, ele deve ter me parecido, entende?, menos horrível. E talvez lhe agradasse o fato de eu ter tido pena dele."

Ela estava de pé ao lado de Brydon, mas ainda segurando-lhe a mão — ainda com o braço a ampará-lo. Todavia, embora isso tudo lhe trouxesse uma vaga luz, ele perguntou, relutante e ressentidamente: "Você teve *pena* dele?".

"Ele tem sido infeliz; ele foi destroçado", respondeu ela.

"E eu, não tenho sido infeliz? Não estou — basta olhar para mim! — destroçado?"

"Ah, não quero dizer que gosto *mais* dele", redarguiu ela em tom de aquiescência, após refletir. "Mas ele está medonho, gasto… e muitas coisas lhe aconteceram. Em questão de aparência, ele não se sai tão bem quanto você, com o seu encantador monóculo."

"Não", ocorreu a Brydon. "Eu não poderia ostentar o meu monóculo lá no *centro* da cidade. Teriam feito troça de mim."

"O grande pincenê convexo dele — eu vi, reconheci o tipo — é para a sua pobre vista estragada. E a sua pobre mão direita...!"

"Ah!" Brydon teve um estremecimento — ou pela comprovação de sua identidade ou por seus dedos perdidos. E então lucidamente acrescentou: "Ele pode ter um milhão por ano. Mas não tem você".

"E ele não é... não, ele não é... *você*!", murmurou ela enquanto Brydon a atraía para si.

Cronologia

Vida e obra de Henry James

1843 | 15 abr.: Henry James Jr. nasce em Nova York, segundo dos cinco filhos de Mary e Henry James e neto de um empresário que acumulou uma das maiores fortunas dos Estados Unidos em sua época. | **Out.:** A família se muda para a Europa, na primeira das muitas mudanças do futuro escritor ao longo da vida.

1845: Após uma temporada em Paris e Londres, a família volta aos Estados Unidos para morar em Albany, no estado de Nova York.

1847: A família se muda para Nova York, cidade natal de James. Professores contratados pelos próprios pais cuidam da educação formal do garoto.

1851: James é matriculado em uma instituição de ensino de tradição francesa.

1858: Após nova temporada de cerca de três anos de viagens à Europa, a família se fixa em Newport, no sul de Rhode Island.

1859: Em nova partida familiar à Europa, Henry James estuda na Academia de Genebra, que depois se transformaria na universidade que leva o nome da cidade suíça. Na sequência, ainda procurando um lugar que agrade tanto a si quanto aos pais, ingressa no Instituto Rochette, escola politécnica para futuros engenheiros. Em pouco tempo larga o curso.

1861: Após machucar gravemente a coluna ao apagar um incêndio em Newport, é dispensado de servir o exército, escapando, assim, dos campos de batalha da Guerra de Secessão.

1862: Entra na faculdade de direito de Harvard, que abandonaria um ano depois. Começa a tentar publicar seus escritos literários, submetendo contos a revistas que circulavam na época. Decide, enfim, dedicar-se integralmente à escrita.

1864: No mesmo ano em que a família se muda para Boston, James começa a publicar suas primeiras peças literárias. Sem a assinatura do autor, o conto "Uma tragédia de enganos" sai na *Continental Monthly*, enquanto a *North American Review* publica uma resenha escrita pelo jovem.

1865: O conto "The Story of a Year" sai na *Atlantic Monthly*, com sua assinatura. James passa a publicar críticas na *Nation*.

1866: Nova mudança com a família, agora para Cambridge.

1867: James encontra Charles Dickens num jantar. Mais tarde, diria que, naquele momento com o autor britânico, confrontou-se com o próprio futuro.

1869: Nova temporada na Europa, dessa vez sozinho. Passa um período na Inglaterra, onde conhece outros intelectuais que entraram para a história, como Charles Darwin, George Eliot e William Morris. Volta para Cambridge no ano seguinte.

1871 | Ago.: A *Atlantic Monthly* começa a publicar em série *Whatch and Ward*, seu romance de estreia. A obra sairá em livro apenas em 1878 e será renegada pelo autor.

1872: Relata trechos de uma nova viagem à Europa em artigos publicados na *Nation*. Vive algum tempo em países como França, Itália e Suíça.

1874: Em Florença, na Itália, meses antes de regressar aos Estados Unidos, começa a escrever *Roderick Hudson*, considerado por James seu primeiro romance de fato e que será lançado no ano seguinte como folhetim na *Atlantic Monthly*.

1875 | **Jan.**: Publica seu primeiro livro: *A Passionate Pilgrim, and Other Tales*. No mesmo ano chegam aos leitores *Transatlantic Sketches* e *Roderick Hudson*. | **Nov.**: Vai a Paris para trabalhar como correspondente do *New York Tribune*. Na capital francesa, começa a escrever *The American*. Lá conhecerá escritores como Émile Zola, Ivan Turguêniev e Gustave Flaubert.

1876: Muda-se para Londres acreditando que a vivência de mundo na capital inglesa fará bem para uma literatura que mostra a experiência de um estadunidense no Velho Mundo.

1877 | **Maio**: *The American*, protagonizado por um empresário estadunidense em sua primeira viagem pela Europa, chega aos leitores.

1878: Publica em Londres *French Poets and Novelists*, uma coleção de ensaios. *Daisy Miller*, com uma trama amorosa entre expatriados, sai como folhetim tanto na britânica *Cornhill Magazine* quanto na norte-americana *Harper's*, um marco que firma o autor como um grande nome da literatura de língua inglesa. Publica ainda o romance *Os europeus*.

1879: Lança *Confidence*, mais um romance, e *Hawthorne*, contribuição para a crítica literária.

1880: É a vez do romance familiar *A herdeira* chegar ao público.

1881-2: Após regressar aos Estados Unidos, passa por diferentes cidades de seu país natal e tem uma viagem à Europa abreviada por conta das mortes de sua mãe, no começo de 1882, e de seu pai, no final do mesmo ano.

1883: Volta a Londres. Tem sua ficção reunida e publicada pela revista britânica *Macmillan*. Lança os relatos de viagem de *Portraits of Places*.

1884: Publica o volume de contos *Tales of Three Cities* e mais um escrito de viagem: *A Little Tour in France*, além de "The Art of Ficction", ensaio publicado na *Longman's Magazine*.

1885: Entre este ano e o seguinte volta aos folhetins com mais dois romances: *Os bostonianos* e *The Princess Casamassima*.

1888: Três novos livros, de diferentes gêneros, chegam aos leitores: o romance *The Reverberator*, a novela *Os manuscritos de Jeffrey Asperns* e *Partial Portraits*, uma reunião de textos críticos.

1889: Sai a coletânea de contos *A London Life*.

1890: Publica o romance *The Tragic Muse*, no qual ficcionaliza a vida de dois artistas em início de carreira para criar um panorama da vida na Inglaterra.

1891: Uma adaptação de *The American* é encenada em teatros ingleses.

1892: Mais uma coletânea de contos é lançada: *The Lesson of the Master*.

1893: Três novos livros de contos são publicados: *The Real Right Thing*, *A vida privada e outras histórias* e *The Wheel of Time*.

1895: Outros dois livros de contos chegam às livrarias: *Terminations* e *Embarrassments*.

1896: Lança o romance *The Other House*, pensado inicialmente como uma peça teatral.

1897: Publica mais dois romances: *The Spoils of Poyntin* e *Pelos olhos de Maisie*.

1898: Muda-se para Sussex, ainda na Inglaterra. Publica o romance *In the Cage* e *The Two Magics*, obra que reúne duas histórias: "Covering End" e a novela "A outra volta do parafuso", um de seus maiores sucessos.

1899: Publica o romance *The Awkward Age*.

1900: Lança a coletânea de contos *The Soft Side*.

1901: O romance *The Sacred Fount* chega aos leitores.

1902: Lança um novo romance, *As asas da pomba*.

1903: Mais um ano intenso para a bibliografia de Henry James, que publica o romance *Os embaixadores*, o volume de contos *The Better Sort* — que traz "A fera na selva", uma de suas narrativas curtas mais notáveis — e *William Wetmore Story and His Friends*, biografia do escultor William Wetmore.

1904: Depois de 21 anos ausente, faz uma longa viagem pelos Estados Unidos. Publica o romance *A taça de ouro*.

1905: Lança *English Hours*, com relatos de viagem. É eleito para a American Academy of Arts and Letters.

1907: Publica mais um livro de viagem, agora com relatos sobre seu país natal: *The American Scene*.

1908: Desiludido com a indiferença do público com parte de seus trabalhos lançados nos Estados Unidos, é acometido pela depressão.

1909: Lança outro livro de viagem: *Horas italianas*.

1910: Chega ao público o volume de contos *The Finer Grain*, também explorando o encontro entre o Velho e o Novo Mundo.

1911: Publica o romance *The Outcry* e começa a escrever a própria biografia.

1912: Recebe o título de doutor honorário pela Universidade de Oxford. Muda-se para os arredores de Londres. Passa a sofrer de herpes-zóster.

1913: Chega aos leitores *A Small Boy and Others*, primeiro volume de sua autobiografia. A sequência viria no ano seguinte, em *Notes of a Son and Brother*.

1914: Publica os ensaios de *Notes on Novelists* e ajuda vítimas da Primeira Guerra Mundial.

1915: Torna-se cidadão britânico. Sofre um derrame no final do ano.

1916 | 28 fev.: Falece em Londres, aos 72 anos, com a saúde já bem abalada e vitimado por uma pneumonia.

1919: Chegam aos leitores ensaios sobre a Primeira Guerra Mundial reunidos em *Within the Rim*.

ESTA OBRA FOI COMPOSTA POR MARI TABOADA
EM LE MONDE LIVRE E IMPRESSA EM OFSETE PELA
GEOGRÁFICA SOBRE PAPEL PÓLEN SOFT DA SUZANO S.A.
PARA A EDITORA SCHWARCZ EM MAIO DE 2023

A marca FSC® é a garantia de que a madeira utilizada na fabricação do papel deste livro provém de florestas que foram gerenciadas de maneira ambientalmente correta, socialmente justa e economicamente viável, além de outras fontes de origem controlada.